Max Halbe

Die Auferstehungsnacht des Doktor Adalbert

Frau Meseck

Ein Meteor

Drei Erzählungen

Max Halbe: Die Auferstehungsnacht des Doktor Adalbert / Frau Meseck / Ein Meteor. Drei Erzählungen

Die Auferstehungsnacht des Doktor Adalbert:
Erstdruck: Leipzig, Gesellschaft der Freunde der Deutschen Bücherei, 1928
Frau Meseck:
Erstdruck: Berlin, Bondi, 1897
Ein Meteor:
Erstdruck: Berlin, Bondi, 1901

Neuausgabe
Herausgegeben von Karl-Maria Guth
Berlin 2020

Der Text dieser Ausgabe wurde behutsam an die neue deutsche Rechtschreibung angepasst.

Umschlaggestaltung von Thomas Schultz-Overhage unter Verwendung des Bildes: Joseph Leopold Ratinckx, Der Alchemist, vor 1937

Gesetzt aus der Minion Pro, 11 pt

Die Sammlung Hofenberg erscheint im
Verlag der Contumax GmbH & Co. KG, Berlin
Herstellung: BoD – Books on Demand, Norderstedt

ISBN 978-3-7437-3760-0

Bibliografische Information der Deutschen Nationalbibliothek

Die Deutsche Nationalbibliothek verzeichnet diese Publikation in der Deutschen Nationalbibliografie; detaillierte bibliografische Daten sind im Internet über www.dnb.de abrufbar.

Inhalt

Die Auferstehungsnacht des Doktor Adalbert

Eine Osternovelle

An diesem Tage, der nach dem Ratschluss der Gestirne sein letzter werden sollte, stand Dr. Adalbert wie immer um fünf Uhr morgens auf. Er hatte das werktags und sonntags, sommers und winters getan, solange er hier zwischen den Tiegeln, Töpfen, Gläsern, Flaschen, Kolben, Röhren, unter den Säuren und Dämpfen seines Laboratoriums hauste, und das waren jetzt mehr als dreißig Jahre. Es war ihm übrigens nie eingefallen, sich über solche Kalenderfragen den Kopf zu zerbrechen. Das war etwas für Leute, die nichts zu tun haben, für Steuersekretäre, Konsistorialräte oder Gerichtsaktuare, aber nicht für jemand, dem noch eine Aufgabe obliegt in der Welt. Die Zeit vergeht und das Leben ist kurz, das wusste man. Irgendein Vers dieses Inhalts haftete noch aus der Horazstunde in ihm, die er in der Prima gehabt hatte. Auch das vertrackte Glockenspiel auf der nahen Gertraudenkirche predigte es in stündlichen Zwischenräumen, ohne dass man die Ohren dagegen verkleben konnte.

Dr. Adalberts Laboratorium, das gleichzeitig seine Behausung darstellte, lag nämlich geradezu und wörtlich im Schatten der zeitgeschwärzten gotischen Stadtkirche zu Sankt Gertrauden, indem es, windschief wie es war, sich gegen die Seitenfront der Sakristei lehnte, in der Art eines leicht Betrunkenen, der auf einem Bein stehend irgendwo mit der Schulter Halt sucht. Vermutlich war es der letzte Rest eines niedergerissenen Klosters. Mit seiner hallenförmigen Anlage und den drei Spitzbogenpfeilern mochte es das Refektorium der Mönche gewesen sein; was denn von Neuem den alten Volksspruch zu Ehren brachte, dass der Teufel nirgendwo lieber Quartier zu nehmen pflegt als im Dunstkreis von Kirchen, Klöstern und Kapellen.

Dr. Adalbert stand nämlich bei seinen Mitbürgern im Geruch eines rechten Hexenmeisters und Höllenbratens, wobei man berücksichtigen möge, dass als Schauplatz dieser wahrhaftigen Geschichte eine kleinere Stadt in einem entlegenen deutschen Provinzzipfel zu gelten hat. Man wusste natürlich auch dort so gut wie an den Stätten einer fortgeschrittenen Erleuchtung und Aufklärung, dass es keinen Teufel gibt und dass die Hexerei von Amts wegen abgeschafft ist. Die Gebildeten sahen den Dr. Adalbert als das an, was er war, als einen Chemiker von Rang, der schon allerlei Merkwürdiges entdeckt, erfunden, bewiesen hatte und vielleicht noch Merkwürdigeres ans Licht zu fördern berufen sein werde. In die Welt der harnsauren Salze und ihrer verschiedenartigen Verbindungen hatte er schon vor dreißig Jahren hineingeleuchtet wie kein zweiter vor ihm. Später hatte er sich allgemeineren Forschungen über das Wesen der Elemente, ihre Zerlegung und Umwandlung hingegeben, worüber mehrere schwer zu lesende Bücher von ihm Bericht erstatteten. Praktische Erfindungen waren nebenhergegangen. Im Laufe eines Menschenalters hatte sich eine ansehnliche Zahl davon zusammengefunden und ihren Urheber zum sehr vermögenden Manne gemacht. Eingeweihte Stellen Neuburgs schätzten ihn mit einer vielstelligen Ziffer ab. Nun war in allerjüngster Zeit bekanntgeworden, dass er sich mit nichts geringerem beschäftige als mit der Erfindung eines Verjüngungsmittels, einer Art von Lebenselixier, demnach den Traum mittelalterlicher Alchemisten auf neuzeitliche Weise zu verwirklichen trachte.

Man wird verstehen, dass derartige Arbeiten, Leistungen, Bestrebungen mit der Zeit einen Schleier des Geheimnisses um Dr. Adalbert gewoben hatten, der ihn in den Augen des Volkes wie nur irgendein Magiermantel der Vorzeit umkleidete und schließlich auch bei den Gebildeten, bei untadelhaft nüchternen Männern wie Amtsgerichtsrat Hammerbein und Apothekenbesitzer Pürzel nicht ohne Eindruck blieb. Nur Oberarzt Dr. Piepkorn pflegte sich über diese Frage abweichend zu äußern, was jedoch keinen verwundern konnte, da Piepkorn von jeher als unentwegter Freidenker und Demokrat aufgetreten war.

Am Freitagstammtisch in der »Trommelbude« – übrigens ganz in der Nähe des Laboratoriums – hatten in letzter Zeit hitzige Debatten über Dr. Adalbert stattgefunden ... Man ist ja nicht nur Beamter oder sonst eine Berufsperson. Man ist auch Mensch. Und gerade in menschlicher Beziehung gab Dr. Adalberts Persönlichkeit doch zu vielen Bedenken Anlass. Die Frauenwelt Neuburgs, die sonst sehr auseinanderging, war sich in dem Verdammungsurteil über ihn vollständig einig, was natürlich auch auf einen nicht kleinen Teil der männlichen Partner abfärbte.

Es muss nämlich gesagt werden, dass Adalbert dreimal verheiratet gewesen und ebenso oft geschieden worden war. Alle drei Frauen waren nicht aus Neuburg gewesen – ein eigenes Kapitel das für das stark entwickelte Neuburger Heimatbewusstsein! – und alle drei hatten nach erfolgter Trennung Neuburg verlassen, ohne dass man wieder von ihnen zu hören bekam. Mancherorten behauptete man, gerade dies habe sich Adalbert in dem jeweiligen Scheidungsabkommen ausbedungen. Ein zureichender Grund hierfür war eigentlich nicht ersichtlich. Amtsgerichtsrat Hammerbein stellte es auch ganz förmlich in Abrede, und wer hätte es wissen sollen, wenn nicht Hammerbein in seiner Eigenschaft als beteiligte Gerichtsperson? Trotzdem erhielt sich ein dunkles Geflüster von diesen Dingen und verdichtete sich schließlich zu dem nicht greifbaren und doch umlaufenden Gerücht, Dr. Adalbert habe sich seiner geschiedenen drei Frauen auf geräuschlose Weise entledigt, was ihm als altem Giftkenner sicher nicht habe schwerfallen können.

Seit Adalberts letzter Scheidung waren vier Jahre verflossen. Er stand damals gegen Ende fünfzig. Die erste Scheidung lag lange zurück. Es konnte ein Menschenalter her sein. Aus dieser Ehe war ein Sohn entsprossen, den die Mutter bei ihrem Wegzug von Neuburg mitgenommen und von dem ebenso wenig mehr verlautet hatte wie von ihr selbst. Am längsten hatte Adalberts dritte Ehe gedauert. Diese Frau stammte aus einer westlichen Großstadt, wo Adalbert wegen der Verwertung seiner Patente öfters zu tun hatte. Sie war Malerin und blieb es auch während ihrer mehr als achtjährigen Ehezeit. In Neuburg erinnerte man sich noch gut, dass sie sämtliche alten Tore und alles romantische Gewinkel, woran die Stadt reich war, auf die Leinwand gebracht hatte, dabei aber jeder Annäherung der immer reichlich vorhandenen Zuschauer ausgewichen war. Musste man nicht glauben, dass sie es ihrem Manne nachtun wolle, der sich ja auch jedermann möglichst vom Leibe hielt?

Das war nun alles lange vorbei. Die Welt hatte andere Sorgen gehabt, und Neuburg war bei Gott nicht davon verschont geblieben. Man hatte sich mit dem Fall Adalbert abgefunden, wie er nun einmal lag, als dem eines teils genialen, teils verschrobenen Sonderlings, der ja nun auch in die Jahre und damit wohl zur Vernunft gekommen war. Ein Mann gegen die Mitte der sechzig pflegt kein Vulkan mehr zu sein. Selbst die bedenklichsten Blaubartgelüste erlöschen, wenn der Ofen keine Glut mehr bekommt.

Da hatte Dr. Adalbert gerade vor einem Jahr eine junge Gehilfin in sein Laboratorium aufgenommen. Sie hieß Erna Krüger und war, wie man bald erfuhr, die Tochter eines auswärtigen Regierungsrates, also aus recht gutem Haus. Man sprach davon, dass sie verlobt sei, ohne jedoch Näheres zu wissen, da der Bräutigam sich während des ganzen Jahres nicht in Neuburg gezeigt hatte.

Erna Krüger war ein großes schlankes Mädchen mit sehr sprechenden Augen von unbestimmter Färbung, die manchmal ins Schwärzliche floss, meist aber in einem feuchten dunklen Grau spielte. Es gab Männer, die sie schön fanden, obwohl ihre Gesichtszüge nicht regelmäßig zu nennen waren, vielmehr mit den etwas breiten Backenknochen slawischen Einschlag zeigten. Sehr sympathisch wölbte sich die kluge hohe Stirn, die Geist und Nachdenklichkeit verriet. Was vielleicht am meisten an ihr auffiel, war ihr volles Haar in venezianischem Rotbraun, dessen Echtheit jedem Zweifel standhielt. Jedenfalls war sie eine fesselnde Erscheinung, die mit einem geheimen sinnlichen Reiz für sich warb.

In Neuburg war es gute, alte Gepflogenheit, am Stammtisch und im häuslichen Kreise die Angelegenheiten des Nächsten in den Kreis seiner Betrachtungen zu ziehen und im Garten des Nachbarn das Gras wachsen zu hören. Auch mit Erna Krüger beschäftigte man sich mehr und mehr und ging bald dazu über, zwischen dem eigentümlich verführerischen Mädchen und ihrem ausgekochten alten Prinzipal, der trotz seiner echtbürtigen Neuburger Abstammung doch auch immer ein Fremder geblieben war, verbotene Beziehungen zu wittern. Neben andern Auffälligkeiten stellte man zum Beispiel fest, dass im persönlichen Verkehr Dr. Adalbert seine junge Assistentin duzte, diese ihn dagegen mit Meister und Sie anredete. Das musste natürlich auf ausdrücklicher Verabredung beruhen, die doch wieder Annäherung, Reibung, Gefühlsspannung voraussetzte. Lag nicht auch Adalberts Vergangenheit, seine drei Ehen und Scheidungen, nur allzu offenkundig vor den Blicken der Mitwelt ausgebreitet? Es ist schon so, dass die Katze das Mausen nicht lässt. War zu erwarten, dass der alte Sünder von den Pfaden seiner Jugend abgewichen und bußfertig geworden sein solle?

Die Frage stellen, hieß sie verneinen. Die öffentliche Meinung Neuburgs wusste genug. Über dem Haupte der jungen Fremden wurde das Stäbchen zerbrochen. Als sie am ersten März das seit einem Jahr von ihr bewohnte Zimmer am Stadtgraben aufkündigte, da sie zu Ostern den Ort verlassen wolle, wurde ihr von ihrer Mietgeberin bedeutet, es sei gut so, da sonst *ihr* gekündigt worden wäre. Auf Ernas befremdete Frage, wie das zu verstehen sei, hatte Frau Leberecht, die Zimmerwirtin, sich hinter ein vieldeutiges Schweigen verschanzt.

An Dr. Adalbert selbst traute man sich mit derartigem Mundspitzen und Augenzwinkern nicht heran. Er war bekannt als grober Klotz, um den man am besten einen weiten Bogen machte. Der große breitschultrige Mann mit dem schütteren, noch schwärzlichen Haar, den grünen Katzenaugen und dem vorspringenden Raubtiergebiss, um das fortwährend ein maliziöses Lächeln zu sehen war, flößte schon rein körperlich den nötigen Respekt ein. Noch mehr gefürchtet war sein beißender Witz, der sich wie eine von seinen Säuren einfraß und gleichsam Löcher in der Seele des davon Betroffenen zurückließ. In einer der Freitagsitzungen der »Trommelbude« war das Scherzwort entsprungen, wer mit Dr. Adalbert persönlich zu tun haben wolle, müsse sich vorher mit einer Gasmaske versehen. Es wurde damals viel belacht und nachher oft wiederholt.

An diesem Morgen also, der sein letzter werden sollte – es war der Sonnabend in der Karwoche und auf den nächsten Tag stand Ostern an –, erhob sich Dr. Adalbert wie gewöhnlich um fünf Uhr von seinem alten wackligen Feldbett, das er in der hintersten Ecke des Laboratoriums aufgeschlagen hatte. Die Sonne, die soeben aufgegangen war, schien durch ein paar zersprungene Scheiben des gegenüberliegenden Spitzbogenfensters und schielte um den Mittelpfeiler des hallenartigen Raums. Es kam Dr. Adalbert vor, als sei etwas Böses, Giftiges in diesen Sonnenstrahlen. Während er mit hastigen und zerstreuten Bewegungen in seine Kleider fuhr, hörte er hoch über sich die helle klingende Stimme des Glockenspiels von Sankt Gertrauden, das sein Stundenlied ableierte: »Dir, Dir, Jehova, will ich singen.« Adalbert kannte die Melodie auswendig, wie alle andern, die ihn von dort oben gemahnt hatten im Wechsel der Stunden, Tage, Wochen, Jahre, Jahrzehnte.

Adalbert ärgerte sich über sich selbst. Zum zweiten Male, seit er sich heute den Schlaf aus den Augen gerieben hatte, ertappte er sich auf etwas so ganz Unnützem wie Zeitbemessungen und Kalenderfragen. Er erwog, ob er nicht den Kopf in die Waschschüssel stecken solle, um sich auf andere Gedanken zu bringen, stand aber sofort davon ab. Was hätte es auch genützt! *Alle* Gedanken, die ihm heute kamen, waren von galliger und giftiger Natur. Auch jener anzügliche Sonnenstrahl war es, der an den Flaschenregalen entlang pilgerte und jetzt immer deutlicher auf die Waschschüssel hinsteuerte, indem er Myriaden von Sonnenstäubchen auf seiner Lichtbahn tanzen ließ. Dr. Adalberts Zorn richtete sich plötzlich gegen diese alte blecherne Schüssel. Sie stand in einem weißgestrichenen Eisengestell neben dem Fußende seines Eisenbetts und schien ihn mit ihrer ruhigen Sachlichkeit anzuhöhnen. Jeden Abend, wenn er seinen Kopf ins Freie hinaustrug, um ihn von Dunst und Qualm der entfesselten Elemente zu lüften, kam seine Aufwärterin, ein altes Haustier, das Urbild einer gutartigen Hexe, um mit dem zu ihr gehörigen Besen über die Steinfliesen des Laboratoriums hinzufahren und Staub durcheinanderzuwirbeln. Und jeden Abend pflanzte sie mit der Unfehlbarkeit eines Uhrwerks die frischgefüllte Waschschüssel neben seinem Bett auf, obwohl sie am nächsten Abend die Schüssel unberührt vorfand und längst wissen musste, dass er niemals einen Tropfen Wasser an sein Gesicht oder an seine Hände heranließ. Wenn körperliche Reinigungen einmal unerlässlich waren, so standen einem alten Chemiker, der dem Gesetz der Bindungen und Lösungen bis in seine dunkelsten Winkel nachgespürt hatte, andere und wirksamere Mittel dafür zu Gebot als die Formel H_2O.

Er stieß unwillig an das eiserne Waschgestell, sodass die darin schwebende Schüssel einen Teil ihres Inhalts auf die Steinfliesen ergoss. Dr. Adalbert wandte sich zähnefletschend ab und ging daran, den Spirituskocher in Brand zu setzen, um sich seinen Frühstückskaffee zuzubereiten. Das Glockenspiel auf dem Kirchturm über ihm hatte sein »Dir, Dir, Jehova, will ich singen« zu Ende geklingelt und schwieg jetzt bis zum nächsten vollen Stundenschlag. Das Leben draußen auf dem Kirchplatz und in den Straßen war noch nicht erwacht. Nur selten hallte ein Schritt auf den grasbewachsenen Pflastersteinen und verklang in der Ferne. Es war totenstill in dem ehemaligen Refektorium, das durch die drei hintereinanderstehenden Ziegelpfeiler in zwei gleich breite, ziemlich tiefe Längsschiffe abgeteilt wurde. Mit der primitiven Einfachheit seiner Ausstattung gemahnte es noch immer an seine einstige mönchische Zweckbestimmung. Adalbert hatte die Hände auf den Rücken gelegt und ging mit schweren Schritten zwischen seinen Reagenzgläsern und Apparaten auf und ab, während die Kaffeemaschine leise zu zwitschern begann. Er wusste jetzt, woher dieses Spinngewebe von üblen und wehleidigen Gedanken stammte, in das er hineingeraten war.

Es kam davon her, dass Erna Krüger, seine junge Assistentin, heute Abschied nehmen wollte, um zu ihren Eltern und zu ihrem Bräutigam, dem Studienassessor, zurückzukehren. Das Jahr, für das sie sich verpflichtet hatte, war abgelaufen. Es war kaum zu erwarten, dass sie beide sich wiedersehen würden. Ja, es war in gewisser Hinsicht nicht einmal zu wünschen. Wenn er aufrichtig gegen sich sein wollte, so war festzustellen, dass es ein Abschied für immer sein werde.

Adalbert fühlte plötzlich auf der linken Brustseite, wo der Herzmuskel lag, einen Krampf, der ihm für einen Augenblick das Leben abzuschnüren drohte. Er schwankte leicht und griff unwillkürlich nach etwas, woran er sich festhalten konnte. Eine purpurne Finsternis war um ihn, durch die blitzschnell die Angst zuckte, dass nun das lang Erwartete da sei. Nicht der Tod. Er fürchtete ihn nicht und erwartete ihn auch noch nicht. Wenn er ihn brauchte, so wusste er ja, dass er nur einer kurzen Handbewegung dazu bedürfen werde. Nein, was ihn schreckte, das war das Alter!

Er warf mit einem heftigen Ruck den Kopf zurück und stand wieder fest auf seinen Beinen. Seine Sinne waren der grellen giftigen Helligkeit des Aprilmorgens von Neuem aufgetan. In seiner rechten Hand fühlte er es kalt. Er merkte erst jetzt, dass er den Messinggriff des Giftschrankes umklammert hielt, an dem er gerade gestanden hatte.

Er wischte sich ein paarmal über die Stirn. Ja, das Alter war es! Vor den Erscheinungen des Alters graute ihm! Er hatte sie bis zu diesem Augenblick nicht gekannt. Hatte seinen Jahren nie nachgerechnet. Dreiundsechzig oder vierundsechzig? Er wusste es selbst nicht genau. Vielleicht war das lächerlich. Die Leute, die so etwas von ihm hörten, glaubten es ihm nicht. Möglich, dass sie recht hatten. Irgendwo im Unterbewusstsein musste eine Uhr vorhanden sein, die alles Strich für Strich kontrolliert und registriert, den Ablauf der Stunden, der Tage, der Jahre. Wie wäre er sonst darauf verfallen, gerade ein Verjüngungsmittel zu erfinden?

Er zog einen Schlüssel aus der Tasche und öffnete den Schrank. Fach reihte sich an Fach, nebeneinander, untereinander, viele Dutzende, jedes mit einem weißen Kärtchen, auf dem der Inhalt benannt war. Es war Dr. Adalberts Stolz, seine Giftsammlung, deren Vollständigkeit von keiner anderen in der Welt übertroffen werden konnte. Pflanzengifte, mineralische Gifte, flüssige, pulverförmige, gasförmige, Tabletten, Essenzen, Pillen, Gerüche ... In jedem dieser hundert Fächer wartete in immer anderer Maske der Tod. Ein Wink, und er war da, wie nur der schnellste Kammerdiener von der Welt.

Aber es war nicht dies, was Dr. Adalbert beschäftigte. Er drückte auf eine verborgene Feder. Eine Klappe schnappte zurück. Ein geräumiges Fach öffnete sich, in dem ein Kristallfläschchen stand. Eine Mappe mit Papieren lag daneben. Adalbert hielt das Fläschchen gegen das Licht. Es war eine farblose ölige Flüssigkeit darin wie Glyzerin. Adalbert nickte ein paarmal vor sich hin und wog das unscheinbare Ding in der Hand ab. Wie viele mochte es geben, die es ihm hundertfach mit Gold aufgewogen hätten! Aber was ging ihn das an! Er konnte auf diesen Handel verzichten. Geld spielte keine Rolle mehr bei seinen Berechnungen und Experimenten. Er hatte von Jugend an zuallererst an die Sache gedacht, und dies war sein Erfolg geworden. Aber es war doch zu berücksichtigen gewesen, dass auch verdient werden musste, um weiterarbeiten und -experimentieren zu können. Jetzt war auch diese letzte Schlacke aus dem Tiegel ausgeschieden. Es gab keine Fehlerquelle mehr, aus der sich Fremdstoffe zwischen die Zahlen und Formeln mengen konnten. Das Experiment um seiner selbst willen! Die wissenschaftliche Idee in ihrer höchsten Vergeistigung, in ihrer letzten abstrakten Sublimierung! Er konnte von sich sagen, dass er bis zu den obersten erreichbaren Höhen des chemischen Denkens vorgedrungen war, in deren Atmosphäre gerade noch ein Atmen möglich ist.

Und hier fand sich nun das sichtbare und greifbare Destillat der lebenslangen Arbeit. Was in diesem winzigen Flacon enthalten war, stellte die Materia prima dar, wie die alten Chemiker, seine Vorgänger, es getauft hatten. Das Element der Elemente, die Natura naturans, wonach sie alle gesucht hatten und was doch keinem zu finden geglückt war. Er hatte niemals der besonders in seiner Jugend üblichen Verachtung jener berüchtigten Nekromanten und Alchemisten beigepflichtet.

Es war kein Zweifel, dass sie innerhalb der ihnen gesteckten Erkenntnisgrenzen das Ihrige getan hatten, um vorwärtszukommen und Licht in das Dunkel zu bringen. Sie hatten dabei teils Gott, teils dem Teufel zu dienen geglaubt. In Wirklichkeit war es der Forschungstrieb, von dem sie besessen waren und von dem sich allerdings nicht genau bestimmen lässt, ob er mehr von Gott oder vom Teufel stammt. Er hatte das an sich selbst genug erfahren.

Er runzelte die Stirn. Sein Gesicht verfinsterte sich. Erinnerungen kamen und gingen. Er war kein Freund von Erinnerungen. Ballast, den man über Bord werfen soll! Nur dass er wieder auftaucht wie Leichen von Ertrunkenen! Aber Leichen kann man mit Steinen beschweren. Dann gehen sie für immer auf den Grund. Sollte es nicht auch möglich sein, irgendeine ähnliche Gehirnvorrichtung zu ersinnen, damit Geschehenes niemals mehr zum Vorschein kommt?

Dr. Adalbert schüttelte verbissen den Kopf. – Wahrlich! Es schien schlimm genug mit ihm bestellt zu sein! Alterserscheinungen alles miteinander! War es nicht höchste Zeit, seine Erfindung am eigenen Leibe auszuprobieren? Er hatte es mit stets neuen Vorwänden aufgeschoben, das Präparat bei sich selbst in Anwendung zu bringen. Musste sich nicht die Frage erheben, ob es jetzt nicht der Welt zugänglich gemacht werden solle, den Mitmenschen, allen den anderen, die ebenso an der Reihe waren wie er, und es ebenso wenig sein wollten?

Aber diesen Gedanken stieß er sofort mit Ingrimm weg. Solange er lebte, war das Mittel allein für ihn selbst bestimmt. Was nachher daraus werden solle, darüber war noch nichts entschieden. Es hatte auch keine Eile. Wichtig war vorerst nur eins: Wann er selbst …?

Mäuse, Ratten, Kaninchen, Meerschweinchen, Katzen, Hunde, Affen, sogar ein alter knurriger Waschbär hatten in zahllosen Versuchen die Lösung von ihm eingespritzt bekommen. Ein eigener geräumiger Stall, den er rückwärts an das Laboratorium angebaut hatte, diente diesen Zwecken. Fehlschläge hatte es im Verlauf der vieljährigen Arbeiten so manche gegeben. Aber schließlich waren die Experimente geglückt. Jedes Tier reagierte mit den für seine Art charakteristischen Symptomen auf das Präparat und verjüngte sich innerhalb einer ganz bestimmten, nur ihm eigentümlichen Frist. Auch die Dauer des Zustandes selbst, die Spanne, um die durch den Verjüngungsprozess die physische Lebensdauer sich verlängerte, war für jede Tiergattung verschieden. Gemeinsam aber war allen das eine Gesetz, dass das Mittel nur *einmal* wirkte, kein Individuum also mehr als einmal davon profitieren konnte. Hier war die Grenze von Wissenschaft und Menschenwitz. Jeder Versuch, über sie hinauszukommen, war gescheitert. Dahinter stand der Tod. Einmal ließ er mit sich paktieren, für eine gewisse, so oder so bemessene Frist! Im Übrigen war er unerbittlich. Man entkam ihm nicht.

Ein dünner Pfiff schrillte durch den totenstillen Raum. Das Kaffeemaschinchen meldete, dass sein Werk beendigt sei. Adalbert stellte das Fläschchen in das Fach zurück. Er tat es mit einer gewissen Hast. Das Ding brannte ihm plötzlich zwischen den Fingern. Ein kaum zu besiegender Drang trieb ihn, es zu öffnen und sich eine Probe davon zuzuführen. War es nicht geradezu ein Gebot wissenschaftlicher Ehrlichkeit und Folgerichtigkeit, das Experiment endlich auch an sich selbst vorzunehmen? Konnte die Anwendbarkeit des Mittels für den Menschen, nicht nur für das Tier, überhaupt anders bewiesen werden als durch das eigene Experiment? Ein Sprung ins Dunkle? Warum? Was für das Tier gilt, gilt richtig übertragen auch für den Menschen. Und diese Übertragung hatte er berechnet. Es war eine ebenso mühsame wie sinnreiche Synthese von Formeln dazu nötig gewesen. Aber das Resultat war unanfechtbar. Das Einspritzungsvolumen, das für einen Menschen seines Alters notwendig war, stand genau fest. Wo also lag das Wagnis? Weshalb zögerte er noch?

Er nahm die Papiere aus dem Fach. Es waren die Berechnungen, die er angestellt hatte, in ihrer endgültigen Fassung. Vielleicht verlangte die wissenschaftliche Vorsicht, dass er sie noch einer allerletzten Kontrolle unterzog. Er ließ das Geheimfach zuschnappen, ohne das Fläschchen noch einmal anzurühren.

Sein fachkundiger Blick überflog die Reihen der verschlossenen Giftfächer. Erna Krüger, die öfters schöngeistige Anwandlungen hatte, pflegte angesichts dieser Fächer von einer Klaviatur des Todes zu sprechen. Vielleicht hing es damit zusammen, dass ihm ein Einfall durch den Kopf schoss. Er dachte einen Augenblick nach und verzog sein Gesicht zu einer diabolischen Grimasse. Der Studienassessor, der heute seine Braut abholen kam! Und sie, die ihm folgte, ohne sich klarzumachen, wen und was sie aufgab! War er ihnen beiden nicht ein Abschiedsfest schuldig, das seiner würdig war?

Sein Plan lag mit einem Mal deutlich vor ihm da. Was noch fehlte, konnte der Zufall improvisieren. Er schloss den Giftschrank ab, ging zu dem Werktisch, wo seine Kaffeemaschine stand, und breitete neben der Tasse seine Berechnungen und Tabellen aus, um sich noch einmal von ihrer Richtigkeit zu überzeugen.

Er hatte mehrere Stunden in seine Arbeit vertieft gesessen – wie lange wusste er selbst nicht –, als draußen auf dem Flur die Hausglocke schepperte. Es klang wie das Wutgeheul eines alten heiseren Hofhundes. Der Vergleich stammte von Erna Krüger. Sie hatte sich oft darüber amüsiert. Sie war es übrigens vermutlich selbst, die läutete. In diesem Augenblick begann die Turmuhr von Sankt Gertrauden zu schlagen. Jeder Schlag dröhnte metallisch durch den gewölbten Raum, bis sich seine letzten Schwingungen in den leise klirrenden und schwirrenden Reagenzgläsern verloren. Dr. Adalbert zählte die Schläge mit. Es war acht Uhr. Mit dem achten Schlage setzte pünktlich das Glockenspiel ein. »Dir, Dir, Jehova, will ich singen.«

Adalbert spuckte so etwas wie einen Fluch aus und stapfte auf den Flur hinaus, um zu öffnen.

»Guten Morgen, Meister!«, sagte Erna Krüger, die in einem kleidsamen dunkelblauen Reisekostüm hereintrat. »Heute haben Sie mich antichambrieren lassen wie einen Gerichtsvollzieher! Ich habe den Hofhund soundso oft in den Schwanz gekniffen. Es half alles nichts!« Sie lachte und hatte einen spitzbübischen Ausdruck in ihren großen dunkelgrauen Augen. Ein paar lustige Grübchen zeigten sich. »Ich war schon versucht, durch den Schornstein zu Ihnen herunterzufahren!«

»Als rothaarige Hexe, die du ja auch leibhaftig bist!«, knurrte Adalbert. »Zum Glück bin ich gegen Hexerei in jeder Gestalt gefeit. Man hat nicht umsonst seinen Hexenhammer von A bis Z durchstudiert, den Malleus maleficarum. Hieb-, stich-, kugel-, hexenfest! So ist es mit Doktor Adalbert bestellt!«

»Vielleicht weil Sie selbst der gefährlichste Hexenmeister sind, von dem die ganze Blocksbergzunft noch lernen kann«, meinte Erna Krüger mit einem verschleierten Lächeln. Es war merkwürdig, wie schnell der Ausdruck ihrer Augen wechseln konnte. Eben noch lustig bis zur Ausgelassenheit, blickte sie jetzt nachdenklich und versonnen drein. Melancholie schien nicht fern zu sein. Dr. Adalbert streifte ihr Gesicht mit einem kurzen Seitenblick. Er wollte etwas sagen, schluckte es aber herunter. Es kam nur eine seiner bekannten Raubtiergrimassen zum Vorschein.

»Hole der Teufel alle siebengescheiten Frauenzimmer!«

Sie standen jetzt beide im Laboratorium. Ihre Augen hafteten ineinander. Das hochgewachsene Mädchen reichte dem großen, breitschultrigen Mann bis zur Stirnhöhe. Wie in einer plötzlichen Ergriffenheit fiel ihr Kopf an seine Brust. Er ließ es einen Augenblick geschehen. Dann schob er sie mit einer beinahe zart zu nennenden Bewegung fort.

»Was soll das?«, murmelte er. »Keine Programmwidrigkeiten! Ich dächte, man wäre mit sich im Reinen?«

Erna nickte.

»Er kommt um zehn. Ich hole ihn von der Bahn ab. Morgen früh ist es zu Ende hier! Dann nimmt er mich mit ...«

»Und wann findet das eheliche Beilager, will sagen die Hochzeit von Herrn und Frau Studienassessor statt?«

»Nicht den Hohn, Meister! Sie haben versprochen, unser Freund zu bleiben.«

»Ein Schelm, wer mehr verspricht, als er halten kann!«

Erna Krüger ergriff seine Hand und hielt sie fest.

»Diesen einen Tag müssen Sie mir noch schenken! Diesen letzten! Das Leben ist ja so unabsehbar lang!«

»Findest du? ... Mag sein, wenn man dreiundzwanzig ist! Obwohl es Mittel gibt, die Prozedur wesentlich abzukürzen ...«

Er hatte den Kopf ein wenig zur Seite gewandt. Ernas Blick folgte der Richtung seiner Augen. Dort zwischen den beiden dicken Ziegelpfeilern stand ein Schrank, dessen Inhalt sie kannte ... Aber irgendetwas zwang sie in ihre eigene Gedankenbahn zurück.

»Unabsehbar lang ist das Leben!«, wiederholte sie, indem sie den Kopf in den Nacken zurückfallen ließ und ihre Worte von der Deckenwölbung abzulesen schien. »Ganz unabsehbar lang! Ich habe gestern Abend ausgerechnet, wenn ich fünfzig Jahre alt werde – recht bescheiden, nicht wahr? – also um fünfzig Jahre alt zu werden, habe ich noch neuntausendsiebenhundertundzwölfmal aufzustehen und schlafen zu gehen! Neuntausendsiebenhundertundzwölf Tage und Nächte, die gelebt werden müssen, Meister! Und einen einzigen davon sollen Sie mir noch schenken! Den heutigen, den letzten! Alle andern werde ich *ohne* Sie sein! Ist das zu viel gebeten?«

»Und um dir diesen einzigen, diesen letzten Tag mit mir nicht zu lang werden zu lassen, hast du dir den Studienassessor herbestellt!«

»Nicht bestellt! Es ist sein eigener Einfall. Er will nicht, dass ich allein reisen soll. Er ist Kavalier!«

In Ernas Worten klang nichts von Ironie, nur eine ruhige, beinahe resignierte Sachlichkeit.

Dr. Adalbert fletschte sein Wolfsgebiss.

»Ich habe meiner Lebtag nicht Zeit gefunden, mit Kavalieren zu verkehren. Bedauerliche Lücke in meiner Bildung! Freut mich, dass du mir noch Gelegenheit gibst, sie auszufüllen!«

Erna legte wie bittend die Hand auf seinen Arm.

»Bitte mich nicht zu unterbrechen!«, wehrte er ab. »Es ist nie zu spät, von Kavalieren zu lernen! Ihr seid für heute Abend zu einem Abschiedsfest bei mir eingeladen, du und der Studienassessor!«

»Danke, Meister! Das ist lieb von Ihnen! ... Aber sagen Sie nicht immer Studienassessor. Er ist doch ein Mensch!«

»Mensch, Studienassessor und Kavalier in schöner Dreieinigkeit!«

Erna stampfte mit dem Fuß auf.

»Sie sollen ihn nicht verspotten! Er ist ein Mensch! Ja, ich behaupte das, obwohl Sie ja wissen, dass ich ihn nicht lieben kann! Aber man muss gerecht sein, auch wenn es sich um einen Mann handelt, den man in zwei Wochen heiraten soll und nicht liebt! ... Er ist ein Mensch von ganz seltener Art! Er heißt Martin! Damit ist alles gesagt! Martin Treubier! Umspannt das nicht eine Welt von Biedersinn und Anständigkeit? Werde ich nicht herrlich aufgehoben sein?«

Wieder war der Schalk in ihren Augen und um ihre Mundwinkel.

»Kokettes Frauenzimmer!«, knurrte Dr. Adalbert. »Was geht mich euer ganzer Quark an! Legt euch zwischen die Leintücher und erzeugt ein Rudel Kinder! Danach steht ja doch alle deine Sehnsucht! Wissenschaft hin, Wissenschaft her! Du gibst die ganze Chemie, alles, was du bei mir gelernt hast und noch hättest lernen können, gibst du für so ein kleines, affenähnliches Tier her, das jede Minute trockengelegt werden muss! Also dann erlebe dein Schicksal! Zwischen uns ist es aus!«

»Ist es das wirklich, Meister?«

Sie hatte einen weichen, bittenden Ton, den er nur zu gut an ihr kannte, und schlug dabei die Augen zu ihm auf.

»Unbedingt und für alle Zeit!«, stieß er heraus und machte ein paar Schritte von ihr fort. Sie folgte ihm nicht.

»Ich bin doch schließlich ein junges Weib«, sagte sie, indem sie ihren Kopf auf ihre gefalteten Hände stützte. »Warum soll ich nicht ein Frauenschicksal ersehnen? Hätte ich vielleicht warten sollen, bis ich *kein* junges Weib mehr bin und alles vorbei gewesen wäre, das bisschen Jugend und das bisschen Reiz?«

»Du warst meine Mitarbeiterin! Mein Werkzeug!«, schrie Dr. Adalbert und schlug mit der Faust auf den Tisch. »Das hattest du zu bleiben! Da lag dein Schicksal! Das hattest du zu wollen! Ich hätte etwas Brauchbares aus dir gemacht! Stattdessen gehst du hin und kriechst mit einem Schulmeister zusammen! ... Es lohnt sich nicht, ein Wort darüber zu verlieren!«

Adalbert wischte sich über die mächtige Stirn. Der Schweiß lief ihm herunter. Nach ein paar Augenblicken setzte er hinzu:

»Im Übrigen halte ich mein Wort. Ich gebe euch heute Abend ein Abschiedsfest, dir und deinem Erwählten. Ich hoffe mir damit ein Denkmal bei euch zu setzen.«

»Ein Denkmal! Gewiss!«, wiederholte Erna Krüger, ein bisschen gedankenlos. Irgendetwas in Dr. Adalberts Ton fiel ihr auf. Aber sie fand keine Zeit, darüber nachzusinnen. Sie suchte nach Worten für etwas, das längst in ihr war und endlich ans Licht wollte.

»Lieber Doktor«, sagte sie wie beiläufig, »wissen Sie auch, dass Sie zu mir sprechen, als wenn Sie selbst nie etwas mit Heirat und Ehe zu tun gehabt hätten?«

Dr. Adalbert stieß ein kurzes Gebell aus, das man für ein verunglücktes Lachen halten konnte.

»Diese Antwort hatte ich von dir erwartet. So ganz auf den Kopf gefallen bist du ja nicht!«

»Freut mich, Meister, dass ich Sie einmal nicht enttäuscht habe!«, erwiderte sie und verneigte sich zeremoniell. »Aber jetzt ist es an *mir*, enttäuscht zu sein! Ich hatte von *Ihnen* eine andere Antwort erwartet!«

»Warum?«, fragte er barsch.

»Weil das, was Sie erwiderten, überhaupt keine Antwort war, sondern ein Ausweichen vor einer unbequemen Frage!«

Adalbert bellte von Neuem vor sich hin. Sein weißes Gebiss leuchtete in der Sonne. Es schienen noch sämtliche Zähne vorhanden zu sein.

»Ganz leidlich formuliert! Wie man überhaupt feststellen muss, dass die niedern geistigen Funktionen sich bei euch Frauenzimmern manchmal überraschend prompt abspielen. Es sind das ja auch eure Hauptwaffen im Kampf mit dem Mann. Von den körperlichen Waffen nicht zu reden. Das steht auf einem andern Blatt!«

»Wirklich entzückend!«, lachte Erna. »Die Galanterie eines Rokokokavaliers ist *nichts* im Vergleich zu Ihnen! Aber eine Antwort auf meine Frage ist auch das nicht!«

Adalbert strich sich sein massives Kinn.

»Ich bin natürlich noch nicht vertrottelt genug, um zu behaupten, ich sei *nicht* verheiratet gewesen ...«

»Was wohl auch etwas kühn wäre!«, warf Erna ein.

»Ich habe im Gegenteil die Weiber immer sehr nötig gehabt ...«

»Trotz unserer niedern Funktionen? Oder vielleicht gerade deswegen?«

»Ich bin dreimal auf euch hereingefallen«, fuhr Adalbert fort, indem er über seine großen runden Brillengläser hinweg Erna fest ins Auge fasste. »Sollte ich vielleicht mit dir zum vierten Mal hereinfallen und mich mutwillig um meine letzte Illusion bringen?«

Über die Wangen des Mädchens glitt eine flüchtige Röte.

»Das klingt fast nach einem Geständnis, Herr Doktor?«, sagte sie, indem sie den Kopf etwas vor sich hin neigte.

»Weshalb sollte es denn keines sein?«, schrie Adalbert. »In drei Teufels Namen! Vor wem in aller Welt habe ich mich zu genieren?«

»Wer sagt Ihnen denn, dass es eine Enttäuschung geworden wäre?«

»Mein gesunder Menschenverstand sagt es mir! Meine Lebenserfahrung! Meine Kenntnis der Frauenzimmer! Alles und jedes predigt es mir! Das Weib ist eine Illusion! Die gefährlichste, die es gibt! Und wehe dem, der ihr auf den Grund zu kommen sucht! Es kann Kopf und Kragen kosten!«

»Fragt sich nur: Wem? Dem Mann oder der Frau?«

»Das kommt auf den Mann an! ... In *meinem* Falle kannst du dir die Frage selbst beantworten!«

Dr. Adalbert war mit großen Schritten hin und her gegangen. Jetzt stand er wieder dicht vor dem halb abgekehrten, in sich versunkenen Mädchen.

»Vergiss eines nicht, mein Täubchen!«, sagte er, indem er ihren schlaff herunterhängenden Arm packte und wie in einem eisernen Reifen zusammenpresste. »Vergiss eines nicht! Menschen meines Kalibers pflegen rachsüchtig zu sein. Menschen meines Schlages pflegen niemals zu verzeihen. Am allerwenigsten, wenn sie Enttäuschungen erleben! Merke dir das, mein Lämmchen!«

Erna Krüger hob ihren Kopf.

»Enttäuschungen«, sagte sie mit einem vollen Blick in seine grünlich funkelnden Augen, »Enttäuschungen, an denen man vielleicht selbst am meisten schuld ist!«

»Mag sein!«, erwiderte er. »Aber für die Rachsucht spielt das keine Rolle.«

Er presste von Neuem ihren Oberarm, sodass sie leise aufschrie.

»Sie tun mir ja weh, Doktor!«

»Papperlapapp! Es ist der Beruf der Weiber, Schmerzen zu leiden! Manche bringen es zur Virtuosität! Übe dich beizeiten darin!«

Er hatte ihren Arm losgelassen, blieb aber hart vor ihr stehen und starrte ihr in das weiche, jugendliche Gesicht. Ihre eben noch blühenden Farben waren einer plötzlichen Blässe gewichen. Sie fühlte eine schnelle Schwäche in den Knien und glaubte zu schwanken. Es war etwas wie die unmittelbare körperliche Nähe eines gefährlichen Raubtiers, was sie lähmte und ihr die Sinne benahm. Einen Augenblick hatte sie das Gefühl, in den Dunstkreis eines Jaguars oder eines Tigers geraten zu sein. Nur Tapferkeit und Geistesgegenwart können in einem solchen Fall retten. Ihr ganzes ungebrochenes Weibtum schnellte wie eine Sprungfeder gegen ihn an. Das Blut kehrte in ihre Wangen zurück. Sie fühlte, dass sie ihr betörendstes Lächeln lächelte, während sie sich selbst sprechen hörte:

»Wäre es nicht möglich, Meister, dass es Illusionen gäbe, denen man vielleicht niemals auf den Grund kommt?«

Dr. Adalbert atmete schwer. Wieder spürte sie, wie dieser Tigerdunst sie umspülte. Aber ihre Sinne blieben klar.

»Und eine solche Illusion auf Ewigkeit bildest *du* dir ein zu sein?«, keuchte er.

»Vielleicht!«

Sie hatte den Kopf zurückgeworfen. Ihre halb geschlossenen Augen schwammen in einem rätselhaften Grüngrau. Sie sah, wie der keuchende Mann sie in sich einsog. Hätte er sie jetzt genommen, wer weiß, ob sie Widerstand gehabt hätte! Wer weiß, ob nicht gerade dieses Unterliegen Sieg gewesen wäre!

Vielleicht wusste auch er das. Er trat zwei Schritte von ihr zurück und verschränkte die Arme.

»Danke deinem Schöpfer oder wer sonst verantwortlich für uns zeichnet, dass das Experiment niemals gemacht werden wird! Deine drei Vorgängerinnen waren einmal gerade so überzeugt wie du, Illusionen von unbegrenzter Dauer zu sein. Du weißt, wie es mit ihnen geendigt hat. Das heißt, du weißt es in Wirklichkeit nicht. Vielleicht kommt heute noch die Stunde, wo du es erfahren wirst.«

Dr. Adalbert schwieg. Nach der Entladung der letzten Minuten war es plötzlich still in der kirchenähnlichen Halle. Eine seltsame Beklommenheit legte sich Erna Krüger auf die Brust. Sie hatte diese Umgebung vom ersten Tage an nur als die nüchterne Wirklichkeit eines chemischen Laboratoriums kennengelernt, hatte nichts als eine wissenschaftliche Werkstatt, manchmal, wenn sie schlecht gelaunt war, eine dumpfe, übel riechende Rumpelkammer darin erblickt. Nie war ihr eingefallen, dass die Staubteilchen verschollener Jahrhunderte dort oben zwischen den Spitzbogenpfeilern und unter den Netzgewölben im Sonnenlicht durcheinandertanzten. Zahllose Mönchsgeschlechter hatten in diesen Mauern gebüßt, psalmiert, getafelt, gezecht, sich vergnügt und sich kasteit. Jeder einzige von ihnen allen war ein lebendiger, fühlender, leidender, ringender Mensch gewesen so wie sie selbst, diese hier gegenwärtige Erna Krüger, mit einem Herzen, das die Not aller Kreatur nachfühlte, ohne ihr helfen zu können, und mit einem Geist, der den Widersinn dieser Rätselwelt abspiegelte, ohne seine Lösung zu finden. Sie alle waren in die Vergessenheit untergetaucht und hatten ihr Geheimnis mitgenommen. Und doch war irgendetwas davon an diesen Steinen, diesen Wölbungen, diesem rostbraunen Gemäuer haften geblieben. Es flatterte wie ein unsichtbares Gespinst umher. Man atmete es mit jeder Zusammenziehung der Lungen ein. Es drang wie ein ganz feiner Nebel von Moder durch die Poren und legte sich auf die Brust.

Wie kam es nur, dass sie das erst in diesem Augenblick beinahe schon des Abschieds spürte, es nie vordem wahrgenommen hatte?

Sie schauerte fast unmerklich zusammen, schrak aus ihrer Erstarrung auf und erblickte vor sich den großen, finstern Mann, der sie noch immer anstarrte, ohne etwas zu sagen.

Sie wusste nicht, wie lange sie beide schon geschwiegen hatten. Sie fühlte nur, dass irgendetwas gesprochen werden müsse, um den Bann abzuschütteln. Je nebensächlicher, desto besser!

»Wie kommen Sie eigentlich darauf, Doktor«, sagte sie mit einem scheinbar unbefangenen Lächeln, »dass ich Sie geheiratet hätte, auch wenn Sie so ... so ... so unbesonnen gewesen wären, mir Ihre Hand anzutragen? Ich war doch schon verlobt, als ich bei Ihnen eintrat. Glauben Sie, ich hätte das Verlöbnis gebrochen? ... Sie täuschen sich, Meister!«

Sie lächelte noch immer ihr harmloses Lächeln, während sie ihm ins Gesicht blickte, als handle es sich um die gleichgültigste Frage von der Welt. Und doch empfand sie ganz deutlich, dass gerade das, was sie beabsichtigt hatte, nämlich die gefährliche Strömung des Gesprächs von sich abzuleiten, beinahe in das Gegenteil umgeschlagen war. Sie schalt sich in diesem Augenblick selbst eine dumme kleine Person!

Aber das Schlimmste war, dass der gefährliche alte Mann vor ihr, dieser Hexenmeister und Magus, sie ganz genau zu durchschauen schien.

»Rede keinen Unsinn, du rotbraunes Frauenzimmer!«, sagte er und schnitt eine von seinen diabolischen Grimassen, für die sie ihm am liebsten hätte ins Gesicht springen mögen. »Wenn ein Mann wie der Dr. Adalbert, dein Erzieher, dein Lehrmeister, der erst eine Art von menschenähnlichem Wesen aus dir gemacht hat, den Irrsinnsanfall gehabt hätte, dir seine Hand anzubieten, so hättest du sie genommen und hättest deinen Schulmeister laufen lassen, ohne mit der Wimper zu zucken! Das weißt du so gut wie ich! Also versuche nicht, mir was vorzumachen!«

Er kehrte ihr mit einer brüsken Bewegung den Rücken zu und steuerte etwas schwerfällig, wie ihr schien – schwerfälliger, als es sonst seine Art war –, auf den Arbeitstisch zu, wo er seine Berechnungen und Tabellen zurückgelassen hatte. Sie beobachtete ihn auf dem Gange zum Tisch. Das schüttere, noch schwärzliche Haar fiel ihm unordentlich über den Rockkragen. Der mächtige Schädel wuchtete vornüber. Ein verschlissenes, missfarbenes Möbel von Rock hing zerknittert um die große vorgebeugte Gestalt.

Nein! Es war kein Götterbild, was sich da entlangschob! Und wie unwiderstehlich er sich dabei erschien! Er täuschte sich, der große Mann mit der kindlichen Eitelkeit! Ein Irrsinnsanfall wäre es in der Tat gewesen, aber nicht von ihm, sondern von ihr! Es hätte ihr wohlgetan, ihm das einmal zu sagen.

Und doch! Da war irgendetwas, wovon man nicht loskam! Was stets von Neuem ihre Nerven anspannte! Wie er jetzt vor seinen Arbeitstisch hinstampfte, noch immer abgewandten Gesichts, als sei sie gar nicht mehr für ihn vorhanden, da schien etwas finster Urweltliches in das Sonnenlicht zurückgekehrt zu sein. Etwas Unmenschliches oder Außermenschliches. Irgendein Dämon, ein böser Genius. Vielleicht ein lebendigen Leibes wandelndes Gespenst. Und jetzt wusste sie mit einem Mal, was sich ihr zuvor auf die Brust gelegt und den Atem benommen hatte. Es war eine Atmosphäre von Moder und Geheimnis um diesen monströsen alten Mann. Vielleicht gab es unter all den bleichen Mönchsschatten, die nachts hier umgehen mochten, *einen,* der noch immer nicht sich von der dunklen Gewohnheit des Erdenlebens lösen konnte! Der unablässig sich mit dem warmen Herzblut atmender Menschenwesen vollsaugen musste! Der dazu verflucht war, das nicht zu Ende gebrachte Werk seiner Tage in alle Ewigkeit fortzuspinnen! Und dieser eine, dieser gespenstische Zauberer, dieser blutsaugende Vampir, war der Mann, der dort vor dem Tisch stand und in den Berechnungen seines fantastischen Verjüngungspräparats blätterte. Es war ihr Lehrmeister, ihr Prinzipal, der sie wie ein Alpdruck umkrallt hielt und nicht losließ! Welch ein Glück, dass nun in wenigen Minuten Martin kommen sollte, um sie aus ihrem Angsttraum zu befreien und sie dieser Modergruft zu entreißen! Noch nie hatte sie seine kommende Nähe so dankbar empfunden wie in diesem Augenblick.

»Sie haben meine Existenz wohl ganz vergessen, Meister?«, rief sie mit einem gemacht lustigen Klang in der Stimme und schüttelte ihr kupferbraunes Haar in den Nacken.

»Bist du noch da? ... Ich glaubte, du hättest dich bereits empfohlen?«

Seine Stimme, etwas kratzig wie immer, kam wie aus weiter Ferne, als sei er bereits im Begriff, ihr für immer zu entschwinden.

»Ich werde Sie sogleich von mir befreien, Meister!«, entgegnete sie.
»Ich will noch etwas packen und dann ist es Zeit, Martin von der Bahn
abzuholen. Er legt Wert auf solche kleinen Höflichkeiten. Er ist darin
anders als Sie.«

»Ich verlange nicht einmal, dass ihr mich zum Kirchhof begleitet!«
Wieder diese weite Ferne, aus der die Stimme klang.

Erna Krüger machte ein paar Schritte in der Richtung, woher der
Ton kam. Seine Gestalt zerrann ihr wie in einem grauen Nebel. Das
grelle Licht der Aprilsonne war erloschen. Dunkles Gewölk zog hoch
droben vor den Kirchenfenstern vorüber. Es schien regnen zu wollen.

»Wann dürfen wir kommen, Herr Doktor?«, fragte sie. »Ich möchte
Ihnen meinen Verlobten so bald wie möglich vorstellen. Er wird das
als selbstverständlich ansehen.«

Er antwortete nicht. Sie machte von Neuem einige Schritte auf ihn
zu. Dunkel umrissen begann seine Gestalt aus dem Nebel wieder auf-
zutauchen.

»Sie müssen das verstehen, Meister«, sagte sie weich und bittend.
»Er kommt doch aus so ganz andern Lebensverhältnissen. Ihre und
meine Welt ist ihm fremd.«

Sie stand jetzt vor ihm und hielt ihm die Hand hin.

»Also wann, Meister?«

»Kommt, wann es euch Spaß macht! ... Mir macht es keinen Spaß!«

»Meister ...?!«

»Schon gut! ... Ich werde dafür sorgen, dass alle Teile Spaß an der
Geschichte haben! Mach jetzt, dass du auf die Bahn kommst!«

Sie zögerte noch.

»Was wird noch gewünscht?«, knurrte er.

»Noch eine Frage, Meister!«

Er antwortete nicht.

Sie trat dicht auf ihn zu. Sie hatte all ihren Mut zusammengenommen, obwohl sie ein wenig zitterte.

»Was hat es mit Ihren drei Frauen für eine Bewandtnis, Meister?
Wie hat es mit ihnen geendigt? Sie sind mir noch eine Auskunft
schuldig!«

Dr. Adalberts Kopf näherte sich dem ihren. Sie hörte seine Stimme
wie durch ein Hörrohr in ihrem Ohr.

»Ich habe sie alle drei aus der Welt geschafft! So wie ich dich hätte aus der Welt schaffen müssen, wenn du meine Frau geworden wärest! ... Und jetzt schere dich zum Teufel!«

»Wer sind Sie?«, fragte Dr. Adalbert den abgerissen aussehenden jungen Menschen, der sich in das halb geöffnete Haustor hineingezwängt hatte und ihn mit einer gewissen frechen Vertraulichkeit anstierte. »Was wollen Sie? Warum stören Sie mich?«

»Herrgott! Man wird doch noch seinem leiblichen Herrn Papa eine Visite abstatten dürfen! Das verlangt doch schon die einfachste Höflichkeit, wenn man sich auf seiner Tour gerade an Ort und Stelle befindet und daher mit Recht ausrufen kann: Die Gelegenheit ist günstig! Hier vollend' ich's!«

Damit drückte der Mensch sich an dem fassungslos überraschten Dr. Adalbert vorbei vollends in den Hausflur und stieß mit dem Fuß das schwere eichene Klostertor hinter sich zu. Es fiel mit einem dumpfen Krach ins Schloss.

»Du entschuldigst schon, dass ich so wörtlich mit der Tür ins Haus falle!«, setzte er hinzu, indem er eine kurze, nicht gerade angenehm klingende Lache aufschlug. »Aber zwischen Sohn und Vater braucht's ja keinen Zeremonienkram. Wenigstens nicht nach unsern heutigen Begriffen. Moderne Menschen wie wir sind! Du trotz deiner vierundsechzig ja auch!«

Dr. Adalbert starrte noch immer wie abwesend in das verlebte Gesicht des jungen Burschen. Woran erinnerten ihn doch diese Züge? Physiognomie, Erscheinung, Auftreten waren die eines landstreichenden Komödianten. Der abgetragene, speckig glänzende karierte Anzug, die flatternde Lavallierekrawatte, die schief auf das linke Ohr geklebte grüngelbe Reisemütze ... Alles stimmte zueinander. Ein paar schwarze Augen funkelten in dem bleigrauen, übernächtigen Gesicht, dessen Schnitt man hätte schön nennen können, wäre nicht die Habichtsnase allzu scharf daraus hervorgesprungen.

Der Bursche hatte sich einige Augenblicke an Adalberts sichtlicher Fassungslosigkeit geweidet. Jetzt klopfte er ihm wie begütigend auf die Schulter.

»Kleine Überraschung? Was, alter Herr? Über zwanzig Jahre gegenseitig nicht den Vorzug gehabt! ... Aber die Stimme des Bluts! Nicht wahr? Die Stimme des Bluts! Erkennst du deinen Sohn, alter Herr? Hermann, dein Rabe! Na, dämmert's endlich?«

Dr. Adalbert hatte seine Selbstbeherrschung wiedergefunden. Er wusste jetzt, an wen ihn diese Züge erinnerten. Noch mehr vielleicht Sprache und Benehmen, gewisse fahrige, übertriebene Bewegungen ... Er hatte sie an seiner ersten Frau nur zu gut gekannt, im Laufe der Jahre gehasst und schließlich verabscheut. Und der hier vor ihm stand, war ihr Fleisch und Blut, war sein einziger Sohn Hermann, heruntergekommen, verdorben, entartet.

»Tritt herein!«, sagte er kurz und wandte sich durch die angelehnte Tür in das Laboratorium zurück. »Ich bin sonst um diese Zeit für niemand zu sprechen. Aber da du einmal da bist ... In Teufels Namen!«

Der junge Mann war ihm in lauernder Haltung gefolgt. Seine Augen irrten zwischen den Backsteinpfeilern, längs den Mauerquadern und über die Gestelle und Apparate hin.

»Da wäre man also in der Höhle des Löwen!«, bemerkte er mit einem kurzen Auflachen. »Meine arme, zu Tode gehetzte Mutter hat sie noch gut in Erinnerung gehabt. Es scheint sich seit zwanzig Jahren nicht viel an der alten Mördergrube geändert zu haben.«

»Ist Emilie ... ist deine Mutter tot?«, fragte Dr. Adalbert, ohne seinen Gesichtsausdruck zu verändern. Nur die steile Furche über der Nasenwurzel schien sich noch zu vertiefen.

Der junge Mensch nickte und trat etwas näher.

»Tot! Jawohl! Nachdem sie vor zwanzig Jahren gestorben war. Sonntag vor vierzehn Tagen hat man ihre irdische Hülle den Flammen übergeben.«

Er schwieg einen Augenblick und fügte dann mit stark deklamatorischer Geste hinzu:

»Und Engelscharen singen sie zur Ruh'.«

Dr. Adalbert hatte die Fäuste auf den Rücken gelegt und sah vor sich hin.

»Bis jetzt ist mir keine Nachricht darüber zugegangen. Meine letzte Zahlung datiert vom Ende des vorigen Monats. Sie war ja seit Langem nicht ganz bei Sinnen.«

Der junge Mensch warf den Kopf in den Nacken zurück. Eine kurze Stichflamme schoss aus den flackernden schwarzen Augen.

»Meine unglückliche Mutter war bei Verstande genug, um zu wissen, wer ihr Mörder war! Wer sie zu Tode gehetzt hat!«

»Und wer war ihr Mörder? Wer soll sie nach deiner Ansicht zu Tode gehetzt haben?«

Dr. Adalberts Stimme klang ruhig und beherrscht, als kümmere ihn das alles nicht viel.

»Du! Kein anderer als du!«, zischte der Junge.

»Du bist ein Phrasenheld!«, antwortete Dr. Adalbert, indem er die Schulter hochzog. »Es scheint dir im Blut zu liegen. Ich erinnere mich, dass auch die Verstorbene groß darin war.«

»Du ... du ... Hund ...! Beschimpfst du meine Mutter?«

Er schnellte mit einem einzigen Satz wie eine wilde Katze bis dicht vor Adalbert hin.

»Du nimmst das zurück! ... Sonst geht es an ein Schädelspalten.«

Vater und Sohn starrten sich gegenseitig an. Jeder erblickte das Weiße im Auge des andern. Hermann stand mit erhobenen Fäusten da. Der ganze Hass einer zerbrochenen und gehetzten Jugend gor in seinem Blut. Aber seine schmächtige, mittelgroße Jünglingsfigur schrumpfte vor dem massiven Eichenklotz des Vaters zu einem armseligen Zündhölzchen zusammen. Der junge Mensch empfand das unwillkürlich selbst, vermochte jedoch nicht, dagegen anzukämpfen. Seine soeben noch echte Wut bekam etwas Künstliches. Die geballten Fäuste, die sich gegen den Vater erhoben hatten, wurden zur theatralischen Geste. Mit einer kurzen, aber entschlossenen Bewegung drückte Dr. Adalbert die emporgereckten Arme des Sohnes nieder.

»Keine Komödie, Junge! Vatermord soll ja jetzt modern bei euch sein ... Aber hier wird nicht Theater gespielt!«

»Theater! Da haben wir's!«, schrie Hermann mit einer Stimme, die sich in der Höhe überschlug. »Das ist eure berühmte Methode, mit uns Künstlermenschen fertigzuwerden! Mit uns Leidenschaftsmenschen! Mit uns Blut- und Nervenmenschen, ihr eiskalten Rechner, ihr! Wir machen Theater! Wir spielen Komödie! Wir sind verrückt! So hast du es mit Mutter gehalten, nachdem du sie erst soweit gebracht hattest! So versuchst du's jetzt mit mir! Nur bei mir bist du an den Unrechten gekommen! Jetzt wird heimgezahlt! ... Ein Rächer lebt, dir und euch allen zum Verderben!«

Adalbert hatte nur ein kühles Achselzucken.

»Was aus dir spricht, das sind die Halluzinationen einer halb oder ganz Verrückten! Ich habe weder Zeit noch Lust, dein bombastisches Gefasel anzuhören! Brauchst du Geld? Wie viel soll es sein? Ich wäre bereit, dir mit einer kleinen Summe weiterzuhelfen, unter der Bedingung, dass du sofort verschwindest und dich nie wieder hier blicken lässt! Aber entschließe dich schnell! Ich könnte mich sonst anders besinnen!«

Hermann hatte sich einige Augenblicke gebändigt. Jetzt schien eine neue Zornwoge aufzusteigen.

»Großer Gott!«, schrie er, indem er sich die Haare raufte und mit wilden Schritten auf und ab lief. »Großer Gott! Warum habe *ich* ... gerade ich zu einem solchen Vater kommen müssen? ... Weißt du auch, dass du der böseste Mensch bist, den die Sonne bescheint?!«

»Mache dich nicht lächerlich! Meine Geduld ist erschöpft!«

»Warum kannst du nicht gut sein? ... Warum musst du so von Grund auf böse und schlecht sein?«

Der junge Mensch stand von Neuem vor Dr. Adalbert und schüttelte die Fäuste gegen ihn. Schaum stand ihm vor dem Mund.

»Antworte mir, du tausendfacher Verbrecher!«

»Es war nicht meine Aufgabe in dieser Welt, ein guter Mensch zu sein! Ich habe das den alten Tanten beiderlei Geschlechts überlassen! Für mich hat es wichtigere Dinge zu tun gegeben! Unter anderem zum Beispiel das Adalberton zu erfinden. Dazu hat etwas mehr Gehirnschmalz und Nervensubstanz gehört als in Neuburg den guten Papa zu spielen! Vielleicht werden es mir noch einmal die Enkel danken. Vielleicht sogar du selbst, falls du nicht vorher im Rinnstein verkommst, wofür ja allerdings die Wahrscheinlichkeit spricht!«

Dr. Adalbert wandte sich mit einem verächtlichen Achselzucken ab und trat zu seinem Arbeitstisch, dessen Schublade er öffnete.

»Hier ist Geld! Es ist das letzte, was du von mir bekommst! Vermutlich auch der Zweck des Besuchs! ... Und jetzt mach's kurz!«

Hermann war ihm auf den Fersen gefolgt. Der Rhythmus seiner Schritte wechselte zwischen Ducken und Wiederaufschnellen. Es erinnerte an die Bewegung von Katzen, die auf Raub ausgehen. Er stand jetzt dicht hinter seinem Vater, der sich über die Schublade gebückt hatte und ein kleines Bündel von Geldscheinen abzählte.

»Was ist das für eine Erfindung, das Adalberton? Worauf bezieht sie sich?«

»Es wird keine Auskunft erteilt! ... Hier nimm und geh!«

Der Alte drückte dem Sohn das Häufchen Geldscheine in die Hand und schob ihn einige Schritte von sich fort.

»Du hast, was du wolltest! Von jetzt ab sind wir geschiedene Leute! Erwarte nichts mehr von mir!«

Hermann hatte das Geld mit einer gemacht nachlässigen Geste eingesteckt. Um seine Lippen spielte eine verkniffene Grimasse. In diesem Augenblick ähnelte er plötzlich seinem Vater, aber es verschwand ebenso schnell wieder.

»Du bist all deine Tage ein kalter Rechner gewesen, alter Herr! Aber diesmal hast du dich verspekuliert! ... Es kann dir einen Strich durch die ganze Lebensrechnung machen! Denk' an mein Wort! ... Und damit halte ich mich Eminenz zu Gnaden empfohlen!«

Er verbeugte sich mit einer weit ausholenden, übertriebenen Gebärde und wandte sich der Tür zu. Aber ehe er sie erreicht hatte, blieb er stehen. Sein Blick haftete auf dem großen verschlossenen Schrank, der dort stand.

»Was ist das für ein geheimnisvoller Spind?«, fragte er und kniff die Augen zusammen. »Mir scheint, das Möbel sollt' ich kennen! Mutter hat jede zweite Nacht davon geträumt! Sie bekam rote Flecken im Gesicht und die Augen quollen ihr aus dem Kopf, wenn sie davon erzählte! Von dem fürchterlichen Schrank mit den tausend Giften, vor denen es keine Rettung gibt und von denen nachher nie eine Spur zu entdecken ist! ... Ich hätte das Möbel auswendig hinmalen können! Jetzt seh' ich, dass es Strich für Strich stimmt! Mutter ist gut bei Sinnen gewesen! Die Verrückte hat klare Augen gehabt! ... Ha! Ha!«

Sein schrilles, komödiantisches Lachen gellte von dem stockigen Mauerwerk wider und verklang irgendwo im Halbdämmer zwischen den Pfeilerkapitälen. Er steckte die rechte Hand in die Brusttasche, zog die Schulter hoch und deklamierte mit hohler Stimme:

»Wackrer Apotheker! Dein Trank wirkt schnell! ... Ha! Ha! ... Ha! Ha! ... Wie wäre es, alter Schwarzmagier, wenn man sich einmal auf den Marktplatz hinstellte und der Stadt eine Geschichte erzählte, wie man Präsident wird? Will sagen, wie man es anfangen muss, um eine wehrlose Frau bis an die Gummizelle hinzuhetzen und doch ein ehrenwerter Mann zu bleiben! ... In die Luft sprengen sollte man euch alle, alle ... euch ehrenwerte Gesellschaft von Gaunern, Mördern, Giftmischern ... Und dich zuallererst!«

Der junge Mensch hatte die letzten Sätze gegurgelt und gespien. Es war wie eine Gallenkolik, die sich entlud. Dr. Adalbert lehnte mit dem Rücken gegen den Werktisch und verschränkte die Arme. Plötzlich griff er nach einem in der Nähe stehenden Knotenstock. Ein blutiger Nebel senkte sich wie ein halbdurchsichtiger Vorhang vor seine Augen. Er schwenkte den Stock über dem Kopf, stürzte sich in die Richtung, woher ihn der Gischt des andern getroffen hatte, und brüllte:

»Hinaus! ... Hinaus! ... Hinaus! ... Oder ich mache Aas aus dir!«

Hermann war schon in der offenen Tür zum Vorflur. Er wischte sich über den triefenden Mund. Es war weißer Schaum und etwas rotes Blut.

»Mörder!«, schrie er. »Mörder! ... Die Rache kommt! Mein Blut über dich! ... Zittere vor dem Gerichtstag!«

Ehe der Alte ihn packen konnte, war er verschwunden. Die eisenbeschlagene Klosterpforte donnerte ins Schloss. Dr. Adalbert zitterte vor Zorn. Er drehte sich auf dem Absatz um und schleuderte den Knotenstock durch die ganze Tiefe des Laboratoriums. Scherben klirrten und schepperten. Irgendein Glasbehälter war in Trümmer geflogen.

»Gut so!«, keuchte der Alte. »Und wenn heute alles zum Satan fährt!«

Martin Treubier und Erna Krüger schlenderten vom Bahnhof nach der Stadt. Es war ein ziemlich weiter Weg. Die große Eisenbahnlinie lief beinahe eine halbe Stunde seitab vom eigentlichen Kern der Stadt vorbei. Eine endlose Vorstadtgasse wand sich zuerst zwischen grasbewachsenen Festungswällen und zerborstenen Bastionen dahin. Dann reihten sich niedrige einstöckige Häuschen mit roten Ziegeldächern aneinander, unterbrochen von noch halb winterlichen Gärtchen und Äckern. Überall waren Durchblicke in das weite flache Land bis zu blassblauen Höhenzügen. Einige mehrstöckige Häuserklötze rekelten sich zwischen dem Kleinzeug, das um ihre Sockel kroch, und trugen anspruchsvolle Großstadtmienen zur Schau. Holzbrücken führten über stillstehende braune Wasser: Arme des die Stadt im Halbkreis umschließenden ehemaligen Festungsgrabens. Aus grauer Vorzeit schien das spitzige Steinpflaster zu stammen. Wenn ein Wagen darüber humpelte, so knatterte es wie von Gewehrschüssen. Aber gleich darauf war das Geräusch von der überall brütenden Stille aufgefressen, und wieder herrschte dieses tötende Schweigen. Die Aprilsonne blinzelte durch das träge, schwere Gewölk. Es hatte vorher geregnet, würde vielleicht von Neuem regnen, schien im Augenblick selbst nicht zu wissen, was es wolle. Die Erde dampfte trächtig und wollüstig vom ersten Frühlingskuss. Büsche und Sträucher in den Hausgärten waren von grünen Blättchen und Knospen über und über gesprenkelt. Linden, Rüstern, Pappeln standen noch schwarz und kahl, der Stunde ihrer Erweckung harrend. Tief in ihrem Mark glomm der junge Saft.

Martin Treubier hatte sich in Ernas linken Arm eingehängt. Sein frisches, rosiges Knabengesicht strahlte von Reiselust, von innerer Zufriedenheit und von der Freude des Wiedersehens mit Erna. Seine linke Hand führte mit dem Wanderstock übermütige Lufthiebe aus, sodass die Vorübergehenden mehr als einmal zur Seite flüchten mussten. Martin Treubier achtete kaum darauf. Er fühlte, wiewohl nahe an dreißig, noch den Überschwang eines Siebzehnjährigen im Busen und registrierte dies irgendwo im Halbbewusstsein nicht ohne Stolz. Was lag daran, ob die fremden Menschen hier in der kleinen Stadt ihn einmal losgebunden und ausgelassen sahen! Überdies war er ein berühmter Fechter, dem nicht leicht eine Terz oder Quart fehlging.

Erna Krüger betrachtete ihren Verlobten verstohlen von der Seite. Sein Bild war ihr während des Trennungsjahres immer mehr ins Wesenlose entwichen. Jetzt wunderte sie sich, wie gut sie ihn doch eigentlich im Kopf behalten hatte. Das lockige, flachsblonde Haar, das nie ein Hut berühren durfte, flammte gleich einem Heiligenschein um ein rundes, glückstrahlendes Antlitz wie von Milch und Blut. Seine ganz hellen wasserblauen Stielaugen hatten etwas eigentümlich Glasiges und Starres. Auch wenn Erna Krüger es nicht gewusst hätte, wäre kein Zweifel gewesen, dass Martin Treubier vom Meere stammte. Seine Eltern waren einfache Fischersleute hoch droben an der Küste gewesen. Spöttisch veranlagte Kollegen Treubiers hatten behauptet, der Ausdruck seiner Augen erinnere an den seelenvollen Blick der Flunder oder des Pomuchels. Erna Krüger war in der Stimmung, sich über diese Lieblosigkeit zu ärgern, ohne ihre Treffsicherheit ganz zu verkennen.

Alles in allem war das Ergebnis ihrer Prüfung doch nicht so ungünstig. Sie fand, dass ein frischer, stämmiger, aber gewiss nicht ungeistiger

Naturbursche an ihrer Seite wandelte, mit dem sie sich immerhin sehen lassen konnte. Jedenfalls war er um mehr als ein Menschenalter jünger als Dr. Adalbert. Der äußern Erscheinung nach hätte er beinahe dessen Enkel sein können. War es nicht – so fragte sie sich im Stillen, während sie mit Martin dahinschlenderte –, war es nicht ein Fall von merkwürdiger Einmaligkeit, dass zwei Männer von derartiger Alters-, Geistes- und Charakterverschiedenheit sich um die gleiche Frau bewarben? Hatte sie nicht guten Grund, sich durch das Bewusstsein geschmeichelt zu fühlen, dass sie selbst diese Frau war, in deren Ermessen es lag, entweder einen alten genialen Erfinder von Weltruf oder einen saftgeschwellten, zukunftsfreudigen Jugendbildner durch ihre Gunst zu beglücken – gar nicht der dritten Möglichkeit zu gedenken, dass sie mutig oder skrupellos genug gewesen wäre, *jeden* von ihnen glücklich zu machen?

»Du bist so still geworden, Liebchen?«, fragte mit einem Mal Martin Treubier und blieb stehen, um Ernas beide Hände zu fassen und, unbekümmert um die Vorübergehenden, seine hellblauen Glasaugen in Ernas etwas bleiches Antlitz zu bohren. »Wovon träumst du? Bist du glücklich, dass du mich wiederhast? Ein Jahr lang habe ich mich nach dir verzehrt! Aber jetzt werde ich dich nie, nie mehr lassen!«

»Gewiss bin ich glücklich, Martin«, erwiderte Erna Krüger, etwas peinlich berührt, da sie ziemlich dicht hinter ihrem Verlobten zwei ungewaschene Gassenjungen gewahrte, die ihre Zungen gegen ihn herausstreckten.

»Oh! Dann ist es gut!«, rief Martin. »Dann werden wir den Himmel auf Erden haben!«

Er breitete die Arme aus und schien zu erwarten, dass Erna stracks hineineilen werde. Aber sie entzog sich ihm und trat einen Schritt zurück.

»Du bist ein Kindskopf!«, sagte sie lächelnd. »Du scheinst gar nicht zu wissen, dass du auf der Straße bist? Es bilden sich schon kleine Ansammlungen, die uns zusehen.«

»Was macht das? Ich bin ja so fremd hier wie auf dem Mond! Es kennt mich keine Menschenseele!«

»Aber mich kennt man! Hier kennt man jeden, der länger als vierundzwanzig Stunden an Ort und Stelle ist! Willst du mit deinen Liebeserklärungen nicht warten, bis wir unter Dach und Fach sind?«

»Aber ich entdecke niemand! Kein Mensch ist da, der sich um uns kümmert? Seit wann bist du so prüde geworden, Liebchen?«

Treubier hatte sich rings um seine Achse gedreht und mit dem Stock einen Kreis um sich beschrieben, wie wenn damit eine Art von magischem Zirkel hergestellt sei, der sie beide gleichsam unsichtbar mache, zum Wenigsten aber Fremden den Zutritt verwehre. Dabei hatte er in seinem Eifer gar nicht beobachtet, dass die beiden triefnasigen Lausbuben sich einige Schritte hinter einen vorspringenden Gartenzaun zurückgezogen hatten und dort ihr schnödes Tun fortsetzten. Sie standen jeder auf einem Bein und ließen abwechselnd ihre Zunge heraushängen.

Erna Krüger konnte nicht länger an sich halten. Sie lachte überhaupt leicht, und in diesem Fall war es eine Befreiung für sie.

Martin war sichtlich gekränkt. Er setzte sich in Bewegung, ohne von Neuem ihren Arm zu ergreifen.

»Bin ich wirklich so komisch, dass ich ausgelacht zu werden verdiene?«

»Ich wollte dir nicht wehtun, Martin. Verzeih! ... Aber es gibt nun einmal Situationen, die mich hilflos machen. Komm! Sei wieder gut!«

»Bin ich das nicht immer gegen dich? Hast du mich jemals anders kennengelernt?«

»Nun also! Gehen wir weiter! Dr. Adalbert erwartet uns.«

Man konnte Martin Treubier nicht vorwerfen, dass er nachtragenden Gemütes war. Er drückte dankbar Ernas schmale weiche Hand, die sie ihm einige Augenblicke überließ. Eitel Sonnenschein kehrte auf sein Gesicht zurück. Nur seine beiden Pupillen blickten noch etwas starrer als sonst. Es war ein Gedanke da, der ihn zu beschäftigen schien.

»Bei dem Namen des Doktors, deines Chefs, fällt mir ein, dass du mir eigentlich noch sehr wenig über diesen doch offenbar bedeutenden Mann zu sagen gewusst hast? Möchtest du mir nicht mit einer kleinen Schilderung ...?«

Erna fiel ihm ins Wort.

»Doktor Adalbert ist der liebenswürdigste, entgegenkommendste, charmanteste, entzückendste ...«

»Ei! Ei!«, rief Martin Treubier und drohte ihr mit dem Finger. »Welch ein Paroxysmus der Begeisterung ...«

»Ein Kavalier, sage ich dir. Ein Kavalier vom Scheitel bis zur Sohle von geradezu rokokohaften Umgangsformen!«

Treubier blieb stehen und schlug eine seiner Hochquarten, diesmal mit der Rechten, sodass ein überhängender Baumzweig sich loslöste und durch die Luft davonwirbelte.

»Deine Begeisterung, mein kleines Ernchen, könnte einen weniger gläubigen und vertrauenden Menschen, als ich es bin, nicht mit Unrecht misstrauisch machen!«

»Siehst du wohl? Nimm dich in Acht! Im Übrigen wird nichts verraten! Du wirst dich gleich selbst überzeugen.«

Sie blickte ihn von der Seite an und lächelte auf ihre spitzbübische Art. Martin wurde es kaum gewahr. In seinem Hirn war bereits ein neuer Gedanke reif, sich zu entkapseln.

»Weißt du, Liebchen, was mich außer dem Wiedersehen mit dir noch besonders froh macht?«

Erna hatte die Lippen aufgeworfen und schwieg.

»Es ist die Kleinstadt hier«, fuhr er fort.

»Die Kleinstadt …?! Wirklich …?!« Sie lachte hellauf.

»Ja, lache mich nur wieder aus! Es ist dieses Kleinstadtleben, dieses wundervolle Kleinstadtleben, das mich so glücklich stimmt!«

»Aber du kennst es ja noch gar nicht! Du hast ja noch gar keinen Blick hineingetan, um beurteilen zu können, wie es in Wirklichkeit beschaffen ist! … Ich sage dir, grauenvoll! Mache dir nur ja keine Illusionen darüber, mein Bester!«

»Oh! Weit entfernt von Illusionen! Wer sollte es besser kennen als ich? Habe ich nicht meine ganze herrliche Gymnasialzeit in einer solchen Kleinstadt verlebt? Beinahe noch kleiner als diese! … Nein, nein, mein geliebtes Ernchen, mich braucht niemand das Glück und die Schönheit der Kleinstadt kennen zu lehren!«

Jetzt war es an Erna Krüger, stehen zu bleiben und ihren Verlobten mit einem einzigen langen Blick von Kopf bis zu Fuß zu messen.

»Du wärest imstande, dich nach einer solchen Kleinstadt versetzen zu lassen, wenn ich dich geheiratet habe!«

»Bei Gott! Das wäre ich, Herzchen! Gebe der Himmel, dass es sich verwirklichen lässt! Wäre es nicht beispielsweise beglückend, in der Nähe dieses wundervollen alten Bauwerks zu wohnen?«

»Es ist das Gerbertor«, warf Erna ein, »der Eingang zur Altstadt. Hier muss es im Mittelalter kräftig gestunken haben. Es stinkt noch heutigentags, obwohl vermutlich gar keine Gerber mehr da sind.«

»Sage das nicht, mein kleines übergescheites Ernchen!«, rief Martin begeistert und zog mit seinem Stock eine besonders gelungene Tiefterz, die um Zollbreite an dem Zylinder eines sie überholenden, feierlich gekleideten Herrn vorbeipfiff. Ohne sich um das unwillige Gemurmel des Vorübergehenden zu kümmern, fuhr Treubier eifrig fort:

»Es wohnen bestimmt noch Angehörige der edlen Gerberzunft hier. Die ganze Luft ist ja voll von dem kräftigen würzigen Geruch des gegerbten Leders. O wie ich das alles genieße! Meine ganze Gymnasialzeit steigt vor mir auf! Ich schmecke es förmlich, das Glück der kleinen alten Stadt! Ich habe es in der Nase! In den Nerven! In den Fingerspitzen! In den Poren! Ich greife es mit Händen! Ich bade mich darin! Herrlich! Herrlich!«

»Hör' auf! Hör' auf! Mir wird schwach von deinem Limonadenbad!«

Erna Krüger schüttelte sich mit einer Gebärde des Abscheus, die zwischen Komik und Ernst gerade die Mitte hielt. Aber Martins Begeisterung, einmal entfesselt, ließ sich nicht so leicht eindämmen.

»Siehst du das einstöckige Häuschen dort in dem Winkel am Tor? Mit den geblümten Gardinen?«

»Jene Baracke mit den karierten Betten, die aus den Fenstern liegen? Ein altes Weib mit einem Kopftuch steht und klopft!«

Treubier nickte zustimmend und bedeutsam.

»Morgen ist das hohe Osterfest. Großreinemachen in der alten kleinen Stadt! O wie steckt das alles so voll einzigartiger Poesie! Und wie heillos nüchtern sind unsere großen Mittelpunkte dagegen!«

»Ja, aber was geht uns das Haus mit den karierten Betten und mit dem alten Weib an? Möchtest du mir das erklären?«

Martin schob mit neuer Vertraulichkeit seinen Arm unter den ihren, sie dichter an sich heranziehend, und beugte sein Gesicht in die nächste Nähe des ihren, sodass sie seinen Atem fühlte und seine wasserblauen Augen feucht erglänzen sah.

»Ernchen! Herzlieb! Kleines! Stelle dir beispielsweise vor, wir selbst hätten jenes wunderliche Häuschen gemietet und es wäre unser Nestchen, wo wir unsern Honigmond verleben würden? Wäre das nicht über alle Begriffe schön?«

Erna Krüger zog mit einem jähen Ruck ihren Arm aus dem seinen.

»Martin Treubier!«, sagte sie, und Polarkälte schien sich von ihr zu verbreiten. »Wenn du nicht sofort mit dem süßlichen Kohl einhältst und dich benimmst wie ein Mensch von heute, der du doch zu sein hast, dann löse ich unsere Verlobung auf der Stelle auf! So wahr ich Erna Krüger heiße und Assistentin der Chemie bei Doktor Adalbert bin! ... Setze dich dann allein zu den karierten Betten und zu dem alten Weib in die Baracke! ... Und jetzt nur noch zwei Schritte um die Ecke! Hörst du das Stimmchen des Glockenspiels plappern? Wir sind im Dunstkreis des alten Zauberers und Hexenmeisters!«

Der Antrittsbesuch des Brautpaars bei Dr. Adalbert war glimpflicher abgelaufen, als Erna Krüger befürchtet hatte. Der »alte Zauberer« hatte sie zwar nicht in der rosigsten Laune empfangen – wann hätte man so etwas bei ihm erlebt – er hatte sich aber auch nicht gerade von der widerhaarigsten Seite gezeigt. Ein schiefer Blick des Alten hatte die strahlende Erscheinung des Studienassessors zur Kenntnis genommen. Nicht ohne Genugtuung, wie es Erna Krüger erscheinen wollte. Ein gewisses anzügliches Schmunzeln um Adalberts Mundwinkel gab zu denken. Sie ärgerte sich im Stillen darüber. Es richtete sich im Grunde doch gegen sie selbst, gegen ihre eigene Wahl, gegen die Sicherheit ihres persönlichen Geschmacks und Instinkts!

Martin Treubier merkte nichts von dem allen. Ein einziges Hochgefühl schwellte seine Brust: sich dem berühmten Prinzipal des schönen Mädchens als deren glücklicher Bräutigam und baldiger Ehegemahl vorstellen zu dürfen. In diesem Zustand geschah es, dass er ein paarmal gleichsam besitzergreifend seine Hand auf Ernas Schulter legte oder den Arm um ihre Hüften schlang. Erna wiederum – vielleicht aus einem gewissen Trotzgefühl gegen den Meister – hatte es ruhig hingenommen, womöglich durch ein nachsichtiges Lächeln noch dazu ermuntert. Was Wunder, dass Martin Treubiers gläubige Knabenseele in einem rosenroten Meer von Seligkeit schwamm!

Dr. Adalbert hatte im Übrigen sein Versprechen gehalten und die beiden jungen Leute auf den Abend zu einer kleinen Abschiedsfeier eingeladen. Man solle, da er bis dahin zu tun habe, um acht Uhr kommen und guten Humor mitbringen. Er werde es an dem seinigen nicht fehlen lassen. Für eine stilgerechte Überraschung werde noch besonders Sorge getragen sein. Erna Krüger erinnerte sich später, als alles vorbei war, dass ihr dabei in Dr. Adalberts Miene irgendetwas aufgefallen war, ohne jedoch für den Augenblick in ihrem Bewusstsein haften zu bleiben.

Als das junge Paar sich verabschiedet hatte und wieder draußen auf dem menschenverlassenen Platz stand, richteten sich Martins Blicke auf das steile Ziegeldach der Gertraudenkirche, das düster und drohend über ihnen in die Lüfte stieg. Ein Einfall schien ihn zu beschäftigen. Erna war neugierig, was es sein könne, da es doch irgendeinen Zusammenhang mit dem gerade Vorhergegangenen haben werde, aber sie musste sich ziemlich lange gedulden. Endlich kam wieder Leben in Martins glasige Augäpfel. Er machte mit dem Kopf eine halbe Wendung zu dem neben ihm stehenden Mädchen und erhob bedeutsam den rechten Zeigefinger.

»Liebchen, weißt du, woran mich dieser außerordentlich hohe und wuchtige Dachstuhl erinnert?«

Erna hatte spöttisch die Augenbrauen emporgezogen und schwieg.

»Nun? Kannst du es dir nicht vorstellen, Kleines? Überlege es dir mal reiflich! ... Nicht? So will ich es dir sagen. Er gemahnt mich in ganz auffallender Weise an die Stirnbildung deines Prinzipals, des Doktors Adalbert!«

Erna Krüger lachte hellauf.

»Du bist wirklich ein Fantast, mein lieber Martin!«

»Nicht so sehr, mein Kleines! Soll ich dir verraten, worin ich das eigentliche Tertium comparationis zwischen diesem alten steilen Kirchendach und der abnorm hohen Stirn deines greisen Erfinders erblicke?«

»Nun?«

»In dem gewissen geheimnisvollen Etwas, das beide auf dieselbe Weise umwittert. Man könnte sich vielleicht ausmalen, dass hinter beiden allerlei dunkle und verborgene Dinge nisten, die man nicht aus ihrem Schlummer wecken soll.«

Erna Krüger war ernst geworden. Sie kreuzte die Arme und schien in Martins Gesicht zu forschen.

»Hältst du Doktor Adalbert für gefährlich?«

»Er sieht aus wie ein Mensch, der seine Geheimnisse hat. Womit nicht gesagt sein soll, dass sie irgendwie von verwerflicher Art sein müssten.«

Ein jäher Windstoß fegte über den menschenleeren Platz. Es heulte in den Lüften und pfiff durch die Turmluken.

»Du kennst das alte Wort?«, sagte Martin Treubier und ergriff Ernas Arm, um mit ihr weiterzugehen.

»Welches alte Wort?«

»Von dem Zugwind, den man bekanntlich überall in der Umgebung von Kirchen wahrnehmen kann. Es heißt, es sei das der Teufel in Person, der hinter der armen Seele her sei, um sie einzufangen und mit ihr in die Hölle zu fahren. Man mag über den Aberglauben lächeln, aber auf solchen düstern vergessenen Plätzen wie diesem hier begreift man, wie er entstehen kann.«

Erna Krüger hatte ein unbehagliches Gefühl. Sie suchte es abzuschütteln und lachte etwas gezwungen.

»Man entdeckt fortwährend neue Eigenschaften an dir, mein lieber Martin! Jetzt wirst du Geisterseher! Willst du mich das Gruseln lehren?«

»Unter meinem Schutz bist du sicher!«, rief Martin und führte eine seiner gelungensten Quarten gegen einen markierten Feind aus. »Verlasse dich ganz auf mich! Ich würde es um deinetwillen mit dem Urian selbst aufnehmen, ganz ohne Binden und Bandagen, und ich verspreche dir, ihm eine Abfuhr beizubringen, die sich gewaschen hätte!«

Martin Treubier schlug eine fröhliche entwaffnende Lache an und zog seine Braut aus dem Bannkreis der Gertraudenkirche und des alten Zauberers mit sich fort.

Die Osterglocken, die das bevorstehende Fest einläuteten, waren verklungen. Der feuchte und windige Apriltag hatte sich mit ein paar grellen Abendsonnenblicken verabschiedet. Die Osternacht war finster und stürmisch niedergestiegen, des erst spät heraufkommenden Mondes harrend. In tiefes Dunkel gebettet lagen Kirche und Platz von Sankt Gertrauden. Unweit des Adalbert'schen Laboratoriums flackerte eine Gaslaterne und goss ungewisses Licht um sich.

Pünktlich um acht, als von der nächtigen Plattform des Turms das »Dir, Dir, Jehova« über die Dächer der alten Stadt hinausleierte, hatten Martin Treubier und seine Braut die Glocke an dem ehemaligen Klostertor gezogen oder, wie Erna es ausdrückte, den Kettenhund in den Schwanz gekniffen.

Das Laboratorium war festlich beleuchtet. Dies deutete sich dadurch an, dass die drei oder vier Glühbirnen brannten, die an den Pfeilern der Halle angebracht waren. Außerdem leuchteten auf dem in der Mitte des Raums stehenden Werktisch ein paar dicke Wachskerzen, die in Flaschenhälsen steckten. Aber dieser ganze festliche Aufwand reichte bei Weitem nicht aus, das langgestreckte einstige Refektorium zu erhellen. In den vielen Winkeln, Ecken und Nischen, hinter den Pfeilern und oben in den Netzgewölben ballte sich tiefes Dunkel. Schränke, Kästen, Gestelle im Bereich der Kerzen und Glühkörper warfen schwarze Schlagschatten hinter sich. Jeder Schritt hallte auf dem Ziegelboden wider. Laute Worte wurden von den Mauerquadern aufgefangen und hoch oben durch die Gewölbe zurückgegeben.

»Ein geradezu mittelalterliches, echt faustisches und alchemistisches Interieur!«, äußerte Martin Treubier, indem er auf einem etwas baufälligen Stuhl am Werktisch Platz nahm. »Es wäre, wie mich bedünken will, des Pinsels eines Höllenbreughel nicht unwürdig. Aber wo gäbe es heute den Künstler, der so etwas auf die Leinwand zu bannen vermöchte!«

Dr. Adalbert hatte im Halbdunkel des Hintergrundes herumhantiert, während Erna eine Weinflasche entkorkte und Gläser auf den Tisch stellte. Jetzt drehte er sich um und kam einige Schritte näher, sodass der Schein der Wachskerzen sein Gesicht beleuchtete. Erna Krüger hatte schon beim Eintreten irgendeine Veränderung darin bemerkt. Als jetzt das Licht auf ihn fiel, erstaunte sie noch mehr. War das noch der alte Mann, den sie heute früh gebückt und schwerfällig zu seinem Arbeitstisch hatte schleichen sehen? Eine geheime Spannung schien in seinen Schritten zu federn. In den grasgrünen Katzenaugen brannte eine fremde Flamme, vor der Erna zurückschrak. War es Wirklichkeit oder kam es von dem Flackerlicht der Wachskerzen – sie glaubte um den mächtigen kahlen Schädel, dieses steil emporstrebende gotische Kirchendach, wie Martin es bezeichnet hatte, ein richtiges Strahlenbündel flimmern zu sehen, eine Art von Aura wie bei einer Sonnenfinsternis oder bei mediumistischen Ausstrahlungen, oder auch, so kühn es war, wie einen Heiligenschein auf alten Bildern. Sie schalt sich überreizt und kindisch, aber ihre Fantasie kam von der Vorstellung nicht los.

Ein Gedanke durchzuckte sie. Sollte es möglich sein …? Hatte er das bisher noch immer vertagte Wagnis unternommen? Und wenn es geschehen war, welchen Ausgang würde es haben? Erna Krüger empfand etwas wie den Anflug einer leichten Trunkenheit, die ihre Sinne entfesselte und ihnen Schwingen verlieh. Die Luft schien geladen mit irgendeinem besondern, vielleicht gefährlichen Rauschmittel. Seine Visionen konnten zum unerhörten Erlebnis werden – unerhört und einmalig wie der Tod! Ja, am Ende war er es selbst, der jetzt auf die Bühne trat und sich bei ihnen dreien zu Gast lud! Ein schneller Schauer sprang sie an, aber sie krampfte die Hände zusammen und tat ihn ab. Wie immer es enden würde, das Abenteuer dieser Nacht, sie war gerüstet, sich ihm ganz zu ergeben, alle seine Lust, all sein Grauen mit weit geöffneten Sinnen zu empfangen ...

Dr. Adalbert streifte im Vorbeigehen Erna Krüger mit einem kurzen, forschenden Blick, vor dessen metallener Härte sie ihre Lider schloss, und trat zu Martin Treubier.

»Sie gefallen mir, junger Mann!«, sagte er, indem er ihm mit dem Zeigefinger auf die Schulter tippte. »Sie haben eine beneidenswerte Gabe, mit der unschuldigsten und selbstverständlichsten Miene von der Welt einen gediegenen Unsinn zusammenzureden!«

Treubier schlug sich belustigt, beinahe geschmeichelt mit der flachen Hand auf das Knie.

»Wenn meine Obertertianer Sie in diesem Augenblick hätten hören können, verehrter Herr Doktor, es wäre ein Spaß für die Götter gewesen!«

Dr. Adalbert schnitt eine seiner wohlwollend diabolischen Grimassen. Seine Laune – so erschien es Erna Krüger – wurde von Minute zu Minute besser.

»Sie behaupten, junger Mann, dass kein heutiger Maler die Stimmung des Raumes hier wiedergeben könnte und dass man sich dazu erst den Herrn Höllenbreughel oder einen andern Alten verschreiben müsste? ... Ich nenne das einen blühenden Unsinn! Jedes Zeitalter schafft sich den *seiner* Geistesverfassung adäquaten Ausdruck für seine Lebensverhältnisse, in der Wissenschaft, in der Kunst und überall sonst. Es gibt demnach für jeden Begriff oder für jedes Ding ebenso viele wissenschaftliche, soziale, künstlerische oder sonstige Formeln, wie es einzelne Perioden und Zeitalter gibt. Kurz gesagt, jede Lösung eines Problems ist zeitlich bedingt und dementsprechend vergänglich. Wenn also Ihr Herr

Höllenbreughel uns heute mit seinen Mitteln malen wollte, so käme – mit oder ohne Respekt zu melden! – ein Sch...dreck heraus!«

Er schwieg und fuhr sich mit der Hand über die Stirn, wie um etwas wegzuwischen. Er hatte sich in Hitze geredet. Auf seinen Backenknochen zeichneten sich rote Flecke ab. Seine Augen brannten. Erna erinnerte sich nicht, ihn je mit solchem Feuer reden gehört zu haben.

Treubier verbeugte sich mit aufrichtiger persönlicher Bewunderung, der freilich nicht wenige sachliche Bedenken beigemischt waren. Das seien Kundgebungen eines Feuergeistes, so meinte er, die in nichts hinter den Offenbarungen unserer Allerjüngsten und Allerneuesten zurückständen. Ja, es seien geradezu umstürzende und nihilistische Kundgebungen, geeignet, auch die letzten Leuchtfeuer des absoluten Wissens auszulöschen und das Menschengeschlecht erbarmungslos dem uferlosen Ozean der allgemeinen Relativität zu überliefern.

»Schenke Wein ein, Frauenzimmerchen!«, befahl Adalbert. »Wir wollen auf die Gesundheit deines Herrn Bräutigams anstoßen. Möge er an Weisheit und Verstand weiter so zunehmen wie bisher! Auf dass einmal eine wohlbestallte Frau Oberstudiendirektor aus dir werde! Oder, wenn das Glück gut geht, eine Frau Provinzialschulrat mit Geheimratscharakter!«

»Meister! Meister!«, drohte Erna. »Auf mir dürfen Sie herumhacken, so viel Sie wollen! Ich weiß, was ich Ihnen zu danken habe!«

»Herr! Deine Güte währet ewiglich!«, warf Adalbert ein und machte eine ironische Verbeugung.

»Aber wenn Sie mir meinen Verlobten antasten«, fuhr Erna fort, »dann sollen Sie erleben, wie eine Löwin ihr Junges verteidigt!«

Erna hatte mit etwas unterstrichenem Pathos gesprochen. Sie lachte und schenkte die Gläser voll. Martin Treubier griff gerührt nach ihrer Hand und schüttelte sie. Dann wandte er sich an Adalbert.

»Ich verstehe wohl, dass meine kleine Braut meint, mich in Schutz nehmen zu müssen, aber ich bin überzeugt, es bedarf dessen nicht. Trotz des humoristischen Tons Ihrer Rede glaube ich, Ihre wahre Gesinnung gegen mich und mein Bräutchen herauszuhören.«

Er verbeugte sich und erhob sein Glas gegen Adalbert. Dieser verzog ein wenig den Mund, aber nur Erna bemerkte es. Alle drei stießen an und tranken.

»Für später habe ich noch einen besonderen Tropfen im Hinterhalt«, bemerkte der Alte. »Ich hoffe, Sie werden mir damit Bescheid tun. Es ist ein Männertrunk, wie er sich für eine Abschiedsstunde ziemt!«

Er leerte sein Glas auf einen Zug, stellte es auf den Tisch und schien sich auf etwas zu besinnen.

»Ich will euch ein Bild zeigen«, brummte er. »Es gibt einen Begriff, wie gewisse Dinge heutzutage gemalt werden müssen.«

Erna war gespannt, was da kommen werde. Sie hatte nie von dem Vorhandensein eines Bildes im Laboratorium gewusst. Adalbert hatte sich erhoben und war hinter dem nächsten Pfeiler verschwunden. Man hörte ihn aufschließen und herumkramen. Erna erinnerte sich jetzt, dass sich dort eine Truhe befand, der sie keine Beachtung geschenkt hatte. Der Alte ließ aus dem Halbdunkel hinter dem Pfeiler ein Murmeln vernehmen, dessen einzelne Worte man nicht verstand. Martin Treubier hatte das Weinglas am Munde und sog mit beglücktem Lächeln Tropfen für Tropfen. Erna klopfte das Herz. Sie glaubte den Alten gut genug zu kennen, um auch auf das Unwahrscheinlichste gefasst zu sein. Sie bezweifelte nicht, dass er einen bestimmten Plan verfolge, sei es gegen ihren Verlobten, sei es gegen sie selbst, vielleicht gegen sie beide. Aber sie hatte keine Vorstellung, welcher Art er sein möge. Nur das eine fühlte sie mit Gewissheit, dass irgendwo im Hintergrund Gefahr lauere.

Sie hörte, wie die Truhe abgeschlossen und der Schlüssel herausgezogen wurde. Gleich darauf kam Adalbert hinter dem Pfeiler wieder zum Vorschein. Er trug eine halb entfaltete längliche Leinwandrolle in der Hand. Es schien eine Ölmalerei zu sein. Er schob die Flaschen mit den Wachskerzen sowie die Weingläser beiseite und breitete die Rolle auf dem Werktisch aus, indem er ihre Ränder mit den Flaschenleuchtern beschwerte.

»Kommt her und seht euch die Geschichte an!«, sagte er, zu den beiden jungen Leuten gewandt.

Erna und Martin traten nahe hinzu und beugten sich über das Bild, das vom Schein der Wachskerzen beleuchtet war.

»Das ist ja das Laboratorium, täuschend naturgetreu gemalt!«, rief Erna. »Die Gestelle an den Wänden! Die Tiegel, Flaschen, Gläser! … Und da stehen Sie selbst, Meister, am offenen Giftschrank! … Aber mein Gott! Der angeschnallte Hund auf dem Brett! Die Spritze daneben!

… Und hier die zusammengebrochene Frau über dem Schemel, halb am Boden, mit den entsetzten Augen …«

»Beinahe mit dem Ausdruck einer Wahnsinnigen!«, bemerkte Martin Treubier kopfschüttelnd. »Siehst du, wie ihre Augäpfel herauszuquellen scheinen, Ernchen? Sie sind stier in die Richtung des offenen Schranks geheftet! Man könnte meinen, sie erblicke dort irgendein Gespenst …«

»Es ist der Geheimschrank des Doktors«, erläuterte Erna. »Du siehst ihn drüben an der Wand. Der Doktor hat seine einzig dastehende Giftsammlung darin verwahrt.«

Martin Treubiers Blicke folgten der von Erna gewiesenen Richtung.

»Eine Giftsammlung? Welch eine eigenartige Liebhaberei! Aber ruht nicht eine furchtbare Verantwortung auf dem Besitzer einer solchen Sammlung? Wie leicht kann der Schrank einmal durch eine Vergesslichkeit offen bleiben und das Gift in unberufene Hände kommen!«

Dr. Adalbert hatte so lange geschwiegen, in die Betrachtung des Bildes versunken. Jetzt hob er ein wenig den Kopf, ohne im Übrigen seine vorgebeugte Stellung zu verändern.

»Bilden Sie sich etwa ein, junger Mann, dass Chemiker oder Bakteriologen mit Fliedertee experimentieren? Wer den Elementen auf ihre Schliche kommen will, muss mit Hölle und Teufel im Bunde sein! Das Adalberten oder dergleichen erfindet man nicht, wenn es einem um das eigene Leben oder um fremdes bange ist!«

»Aber höchstverehrter Herr Doktor …?!«, rief Martin Treubier und streckte mit flehentlicher Gebärde die Arme empor.

Adalbert kümmerte sich nicht darum, sondern fuhr fort: »Die Frau hier auf dem Bild hat das nicht begreifen wollen! Frauenzimmer wollen so etwas nie begreifen! Frauenzimmer kommen immer mit ihren Gefühlen oder Gefühlchen! Damit lockt man natürlich keinen Hund hinter dem Ofen hervor! Es gibt übrigens auch unter Männern Frauenzimmer genug!«

Er warf Treubier, der fassungslos schwieg, einen sarkastischen Blick zu und sprach weiter, indem er sich die Stirn rieb:

»Die Sache hat *einen* Vorteil gehabt! Die Frau, die eine sehr talentvolle Malerin war oder ist, nebenbei auch ein schönes Weib, wie man auf dem Bilde sieht … sie hat sich selbst nicht schlecht porträtiert! Die Frau also hätte das Bild niemals so herausgebracht, wenn sie es nicht aus einem ganz bestimmten Gefühl gemalt hätte.«

»Aus welchem Gefühl?«, fragte Erna, noch immer an dem Bilde haftend, dessen Handlung sie eigentümlich erregte, ohne dass sie doch ihren vollen Zusammenhang verstand.

Dr. Adalbert kratzte sich den rötlich blanken Schädel.

»Die Frau hat aus dem Affekt der Angst heraus gemalt! Aus dem Affekt des Schreckens! Des Entsetzens! Was im Leben ihr Schaden war, das wurde in der Kunst ihr Vorteil. Deshalb ist das Bild so naturwahr ausgefallen. Keine Beschönigung! Keine Vorspiegelung falscher Tatsachen! Keine rosenrote oder schokoladenbraune Soße! Das klare, kalte Licht, das alles beherrscht! Das gleichsam den Grundton der ganzen Musik angibt! Der angeschnallte Hund, der gerade die Spritze bekommen soll! Der geöffnete Giftschrank! Das hingestreckte Weib mit allen Symptomen maßloser Hysterie!«

»Und Sie selbst, Meister, wie die verkörperte Unbarmherzigkeit, um nicht zu sagen Grausamkeit!«, rief Erna und schüttelte sich. »Ein furchtbares Bild! Und die Malerin, wenn ich Sie richtig verstehe …?«

»War meine Frau! War meine dritte Frau, um es nicht an der nötigen historischen Genauigkeit fehlen zu lassen. Ich erwähnte schon, sie hat sich selbst auf dem Bild porträtiert. Als wir uns trennten, ließ sie es mir zum Andenken da.«

»Aber weshalb trennten Sie sich? Sie war doch eine schöne Frau, wie Sie selbst zugeben!«

Dr. Adalbert schlug mit der Faust auf die bemalte Leinwand.

»Sie war ein Weib! Demnach eine Illusion! Und mit Illusionen darf man sich nicht zu nahe und nicht zu lange befassen! Ich habe dir das schon heute Morgen begreiflich zu machen gesucht. Ich war acht Jahre mit ihr verheiratet. Das ist mehr als ausreichend, um auch der schönsten und dauerhaftesten Illusion den Garaus zu machen!«

»Sie sind fürchterlich, Doktor! Kein Wort weiter vor diesen Ohren!«, rief Erna und breitete mit einer halb komisch schützenden Bewegung ihre Arme über Martin Treubier, der noch immer schweigend die Leinwand studierte und an irgendeinem Gedanken zu formen schien.

»Es vollzieht sich damit das Gleiche, wie mit dem Inhalt der Flaschen dort«, brummte Adalbert. »So viel Chemie wirst du bei mir gelernt haben, um zu wissen, dass kein Stoff sich jahrelang in der Flasche hält. Er verdunstet, und wenn er noch so gut verschlossen ist. Die Nutzanwendung kannst du selbst ziehen!«

»Die Liebe also so etwa wie Schwefelwasserstoff?«, meinte Erna achselzuckend. »Ein netter Vergleich! Aber ganz im Stil von Herrn Doktor Adalbert!«

Martin Treubier schien das Studium des Bildes beendigt zu haben und mit der daraus abgeleiteten Gedankenarbeit ans Ziel gelangt zu sein. Er wandte sich mit bedeutsam erhobenem Zeigefinger an Dr. Adalbert.

»Wenn mich nicht alles trügt, so handelt es sich bei dem Gemälde um eine Vivisektionsszene. Ich stehe nicht an, zu erklären, dass ich zu den Gegnern der Vivisektion gehöre und sie entschieden bekämpfe. Aber eben darum gewinne ich dem Gemälde erhöhtes Interesse ab. Es wirkt nämlich meines Erachtens durchaus vivisektionsfeindlich. Man betrachte nur den Gesichtsausdruck der neben dem armen Tier nieder-gebrochenen Frau, die offenbar den Hund zu retten versucht hat. Sie selbst aber, höchstverehrter Herr Doktor, es muss offen gesagt werden, sind auf dem Bilde der zielbewusste, jedoch, wie mein Bräutchen schon richtig betont hat, unbarmherzige Vertreter einer hierin offensichtlich irrenden und über das Ziel hinausschießenden Wissenschaft. Dieses wäre in groben Zügen die Auslegung, die ich dem Bilde zu geben versteht bin.«

»Gott segne Ihre Studia, junger Mann!«, rief Adalbert, indem er Martin mehrmals auf die Schulter klopfte und dazu eine besonders infernalische Grimasse schnitt. »Sie haben da einen ganz seltenen Kohl zutage gefördert! Sie werden gleich erfahren, wieso! Aber zuvörderst wollen wir ihn mit einem erlesenen Tropfen begießen. Ich habe ihn in dieser Voraussicht bereits eingeschenkt.«

Er wandte sich an Erna, die mit gekreuzten Armen am Tisch stand und ihr Blut leise gegen die Schläfe ticken fühlte.

»Bring’ uns die beiden Pokale her, rotbraune Hexe! Auf der Kommode dort!«

Er machte eine kurz hinweisende Gebärde über die Schulter halb nach rückwärts und kehrte sich dann vollends wieder zu Treubier, während Erna zu der im Dunkeln stehenden Kommode hinüberging.

»Es ist ein Getränk eigener Erfindung und Zusammensetzung«, sagte er zu Martin. »Kalifornischer Wein, auf Kondurangoholz angesetzt und mit ein paar Zutaten gewürzt. Ich bilde mir etwas auf die Kompo-sition ein!«

»Und die Wirkung?«, fragte Treubier zweifelnd. »Gibt es keine Kopfschmerzen davon? Nicht, dass ich solche etwa fürchtete! Ich pflege niemals an Kopfschmerzen zu leiden. Aber selbst der bestkonstruierte Schädel ...«

»Muss einmal daran glauben!«, fiel Adalbert ein. »Ja, das ist die Pointe des Witzes, den sich die Natur mit uns erlaubt, indem sie uns in die Welt schickt. Nehmen wir zum Beispiel an, junger Freund, rein hypothetisch, diese Pointe – man nennt sie Sterben – wäre schon heute für Sie fällig, Sie müssten noch in dieser Stunde daran glauben ... Wie meinen Sie, dass Sie sich benehmen würden?«

Martin Treubier hatte den Kopf ein wenig zur Seite geneigt, in einer gewissen knabenhaften Haltung. Jetzt richtete er ihn empor und blickte sein Gegenüber voll an. Um seinen Mund war ein fast verlegenes Lächeln, das von seiner sonstigen burschikosen Unbefangenheit auffallend sich unterschied.

»Ich habe dieser Möglichkeit im Schützengraben mehrere Jahre hindurch sozusagen stündlich ins Auge gesehen, verehrtester Herr Doktor. Jene Pointe, wie Sie sie zu nennen belieben, wäre also durchaus nichts Neues für mich. Es widerstrebt mir eigentlich, davon zu sprechen. Aber Ihre Worte nötigen mich wohl dazu.«

Erna war mit den gefüllten Pokalen an den Tisch getreten. Es waren zwei ganz gleiche silberne Kelche von einfachen gefälligen Formen, ohne jeden Zierrat, wenn man nicht die herzförmige Umrahmung der eingravierten Jahreszahlen als solchen ansehen wollte.

»Erbstücke!«, bemerkte Dr. Adalbert. »Noch von den Großeltern stammend! Sie haben sie zu ihrer Silberhochzeit bekommen. Es ist rund ein Jahrhundert her. Man beachte die noble, schmucklose Form! Die Leute damals haben noch kein Brimborium aus sich und ihrem Leben gemacht. Sie haben sich nicht wichtiger genommen, als sie waren. Gradlinig gingen sie durch die Welt und wieder aus ihr heraus. Man sollte sie sich zum Beispiel dienen lassen! ... Kredenze uns jetzt den Trunk, du Frauenzimmerchen mit den Meeraugen! Wir wollen ihn uns aus deinen Händen doppelt schmecken lassen! Greifen Sie zu, junger Mann!«

Martin Treubier nahm den Pokal, den Erna ihm reichte, Dr. Adalbert den andern.

»Bemerket wohl, meine Teuren«, sagte der Chemiker, »dass die beiden Gemäße sich in nichts unterscheiden, da sie ja für ein Silberpaar bestimmt waren.«

»Kriege ich denn gar nichts davon ab?«, fragte Erna und sah Dr. Adalbert kopfschüttelnd an. »Was sind das für merkwürdige neue Sitten?«

»Stillgeschwiegen, rotbraune Hexe!«, gebot der Alte. »Dies ist ein Männertrunk! Ich sagte es schon! Für Frauenzimmer taugt er nicht! … Wohl bekomm's, junger Mann!«

Er setzte den Kelch an den Mund und trank.

Martin Treubier als alter Burschenschafter verbeugte sich mit der dem Augenblick zukommenden Bedeutung, erhob seinen Pokal und tat Dr. Adalbert mit einem tiefen Schluck Bescheid.

Ernas Blicke ruhten auf den trinkenden Männern. Von Neuem wurde ihr klar, wie weltenweit verschieden sie beide voneinander waren. Martin trank mit der seligen Hingegebenheit eines Gläubigen, der den Gralsbecher leert und dabei Raum, Zeit, Umstände vergisst. Der Alte hingegen schien seinen Wein mit voller Bewusstheit und Überlegung hinunterzuschlürfen, während seine harten Katzenaugen über den Rand des Pokals hinweg jede Bewegung des andern verfolgten.

Erna Krüger kam plötzlich ein Einfall, der für einen Augenblick ihr Blut stocken machte, um es dann desto wilder durch die Adern zu jagen. Wenn das, was die beiden da tranken …? Aber nein! Dies zu denken, wäre mehr als abenteuerlich, wäre Wahnsinn gewesen! Der Sturm in ihren Nerven, der Brand in ihrem Blut gab ihr das ein! Von der überheizten Stimmung dieser letzten zwölf Stunden kam es her! Oder es lag in der verrückten Atmosphäre hier, die gemischt war aus Moderdunst und geheimnisvollen Giften aller Art! Wer nicht seine ganze Seelenkraft dagegen aufbot, war verloren! Sie biss sich auf die Lippen, um nicht zu erliegen. Und doch! Wie auffallend war es, dass der Alte sie nicht von dem Wein hatte trinken lassen …! Ein eisiger Schauer lief ihr über den Leib … »Hinaus! Fort! Fort!«, mahnte eine Stimme in ihr.

»Bei allen Olympiern! Sie haben recht, hochverehrter Meister!«, rief Martin Treubier, mit der Zunge schnalzend, und hielt den halbgeleerten Silberkelch hoch in die Luft. »Ein Göttertropfen ist das! Ich entsinne mich nicht, jemals seinesgleichen gekostet zu haben. Das einzige, was man rein gefühlsmäßig gegen ihn einwenden könnte, wäre vielleicht das, dass er nicht naturgemäß aus der Rebe erwachsen ist, sondern planmäßiger Überlegung entstammt. Aber möchte das Gleiche nicht gegen jede Waldmeisterbowle zu sagen sein, die ja auch aus verschiedenen Bestandteilen zusammengesetzt ist und dennoch seit alters her sich weitgehender Beliebtheit erfreut? Lassen wir uns also den Genuss nicht durch außerhalb der Sache liegende Erwägungen verkümmern! Ein Prost der allgemeinen Gemütlichkeit!«

Er neigte in der offiziellen studentischen Form seinen Kopf gegen Adalbert und führte den Pokal von Neuem zum Munde, setzte ihn aber, noch ehe er getrunken hatte, wieder ab.

»Ernchen! Liebchen! Was blickst du mich so entgeistert an? Ist dir irgendwie schlecht? Oder bist du böse, weil dir der treffliche Wein entgeht? Wenn dein Meister erlaubt, so würde ich dir ...«

Er machte eine Bewegung, um seiner Braut den Pokal über den Tisch zu reichen, aber Adalbert legte sich mit einer schroffen Gebärde ins Mittel.

»Ich habe es ihr verboten, und dabei bleibt's! Hier ist man gewöhnt, Order zu parieren, junger Mann!«

Treubier gehorchte mit resigniertem Achselzucken und zog den ausgestreckten Arm zurück, indem er einen um Entschuldigung bittenden Blick zu Erna hinübersandte. Dann erhob er seinen Becher gegen sie und trank.

»Wir wenden uns jetzt wieder unserm Thema zu«, sagte der Chemiker, nachdem er ebenfalls einen tiefen Zug aus seinem Pokal getan hatte. »Es war von dem Motiv unseres Bildes hier die Rede. Eine Vivisektionsszene sei gemeint, so behaupten Sie, junger Mann. In dem von Ihnen gedachten Sinne ist das natürlich Kohl! Der angeschnallte Hund soll nur Staffage sein, ebenso wie die danebenliegende Spritze. Beide sind hineinkomponiert, um die Wirkung des von der Malerin beabsichtigten Grauens zu erhöhen. Es kam ihr nämlich darauf an, ihre eigenen Affekte durch das Bild abzureagieren, mit sich selbst auf künstlerischem Wege ins Reine zu kommen. Zu diesem Behuf hat sie den Mann am Schrank, der meine Züge trägt, zu einer Art von intellektuellem oder ideellem Mörder gemacht ...«

»Aber bester, verehrtester Herr Doktor ...!«, stammelte Treubier, der nicht länger an sich halten konnte.

»Ich wünsche, nicht unterbrochen zu werden, junger Mann! Sie sind der Situation auf keine Weise gewachsen! Es handelt sich hier nicht um ein müßiges Geschwätz, um mit Anstand ein paar Stunden totzuschlagen! Es handelt sich, damit ich deutlich bin, um eine Lebensbeichte!«

»Eine Lebensbeichte?«, fragte Erna und rückte unruhig mit ihrem Stuhl. Ihre Bangigkeit war von Minute zu Minute gewachsen und wuchs noch immer mehr. »Eine Lebensbeichte? Wie feierlich das klingt!«

Adalbert wischte mit der flachen Hand über die ausgebreitete Leinwand hin, als wolle er sie liebkosen oder vielleicht auch austilgen, man wusste es nicht.

»Es gibt Lebenslagen, wo Feierlichkeit am Platz sein kann! Nimm an, Frauenzimmerchen, die Lage wäre eine solche! Ich bin dir zum Abschied eine Erzählung schuldig. Ich habe sie dir heute früh versprochen, und ich pflege meine Schulden zu begleichen.«

Der Alte schwieg einen Augenblick, wie nach dem Faden suchend, dann fuhr er fort:

»Der Mann auf dem Bild, der *ich* sein soll, ist als intellektueller oder ideeller Mörder gedacht ... ich sprach das Wort bereits aus ... die Frau am Boden als sein Opfer. Wie haben wir uns den Verlauf der Handlung vorzustellen? Welches vor allem ist das Mittel, dessen der Mörder sich bedient? Ganz einfach, meine Teuren! Es ist der Schrecken! Es ist die Angst, das Entsetzen! Sie verkörpern sich für die Frau ... und man muss bedenken, dass es eine über und über hysterische Frau war! ... Sie verkörpern sich für die Frau in dem Begriff des Giftschranks, den der Mann hier, also sagen wir der Mörder, vor ihr geöffnet hat ...«

»So wäre die Frau am Boden von ihrem Mann vergiftet?«, rief Treubier und starrte entsetzt auf die vor ihm ausgebreitete Leinwand. »Es wäre eine Sterbende, die man hier sieht, und Sie selbst, bester Herr Doktor ... Sie selbst wären der Täter? Wie sollte man so etwas im Ernst glauben können? Welch eine Zumutung, die Sie uns stellen! Es kann sich doch nur um eine Art von Spaß handeln, den Sie mit uns treiben? Wiewohl man sagen müsste, dass es ein etwas seltsamer Spaß wäre, sich selbst mit einer Schuld zu belasten, die man gar nicht begangen haben kann, ansonsten wir uns ja hier nicht gegenübersäßen!«

»Sind Sie mit Ihren Deduktionen fertig, Sie Mann des Wenngleich und Wiewohl?«, sagte der Alte, indem er mehrmals an seinem Kinn zupfte und seine Raubtierzähne fletschte. »Ich habe von einem intellektuellen oder, besser noch, ideellen Mörder gesprochen. Was versteht man unter einem ideellen Mörder? Doch nicht einen solchen, der jemand leibhaftig und körperlich ersticht oder vergiftet ...«

»Sondern?«, fiel Erna hastig und erregt ein.

»Sondern der sich der Fantasie, sagen wir der Mittel der Suggestion oder dergleichen bedient, um sein Opfer durch den Schrecken nicht sowohl zu töten, als es vielmehr in den Glauben zu versetzen, es könne getötet *werden*, falls es nicht ...«

»Falls es nicht ...?«, forschte Erna.

»Falls es nicht in allem und jedem sich dem Willen des Mörders unterwirft!«

»Und wohin könnte dieser Wille zielen?«, rief Erna.

»Er könnte zum Beispiel dahin zielen, eine widerstrebende Frau zur Scheidung zu zwingen ...«

»Aber wozu wäre das nötig? Welche Frau wäre denn nicht todfroh, aus dem Bereich eines solchen ... nun ja: eines solchen Monstrums fortzukommen?«

»Und doch soll es Frauen geben und hat es Frauen gegeben, für die ein solches Monstrum eine größere Anziehungskraft besitzt als etwa ein Geheimer Oberpostrat mit dem allgemeinen Ehrenzeichen, am Nabel zu tragen!«

»Was Sie nicht sagen!«, stieß Erna hervor und lachte etwas gezwungen. Sie fühlte Adalberts eiskalten Blick wie Feuer auf ihrem Gesicht brennen.

»Nur von dieser Art Frauen und von dieser Art Mann ist hier natürlich die Rede«, fuhr er fort. »Sie verhalten sich zueinander wie die Eisenspäne und der Magnet. Man bringt die Späne nur mit Gewalt von ihm fort! Gewisse chemische Verbindungen explodieren, wenn man sie trennen will. Einen ähnlichen Vorgang, nicht unter anorganischen Stoffen, sondern unter Menschen, was das Gleiche ist, stellt das Bild dar. Ein so und so gegebener Mann! Eine so und so gegebene Frau! Beide durch Affinität zueinander hingezogen! Aneinander gefesselt! Feuerwerk der Sinne! Triumph des Eros! Aber schon ist das Taedium da, der Überdruss! Das Weib will immer weiter lieben und geliebt sein.

Der Mann will in Ruhe arbeiten, schaffen, erfinden, will Sinnlichkeit, braucht neue Reize! Wäre nun das Weib von Natur aus vernünftig und räumte freiwillig den Platz, so wäre dieses Bild sicher niemals gemalt worden und die Hälfte aller Romanschreiber wäre brotlos! Zum Glück aber für diese höchst überflüssige Sorte von Tagedieben ist dafür gesorgt, dass die Weiber von Natur und Bestimmung unvernünftig sind und bleiben und dass also immer wieder von Männern, die wirklich solche sind, aus Selbsterhaltungstrieb gemordet werden muss! Wenn auch meistens nur in der Fantasie und durch die Fantasie!«

»Und wenn es nun trotz aller Zuhilfenahme von Fantasie nicht gelingt, sich einer Frau zu entledigen, Meister, was dann? Es könnte doch auch Frauen unter uns geben, die für solche Kunstgriffe unzugänglich sind, die sich nicht suggerieren und nicht einschüchtern lassen? Die sich einfach in ihrem Recht und ihrer Stellung oder auch in ihrer Liebe behaupten wollen? Würden die dann körperlich umgebracht, wenn es auf seelische Weise nicht geht? Aber kann das nicht recht gefährlich werden für den, der das täte?«

Erna Krüger hatte ein weiches, um nicht zu sagen ein betörendes Lächeln um ihre Lippen, als sie dies sprach und über ihre gekreuzten Arme hinweg, mit leicht geneigtem Kopf, zu Adalbert aufsah. Eigentlich war es ein Lächeln, das dem klaren Sinn ihrer Worte widersprach und also als unlogisch und widersinnig zu bezeichnen gewesen wäre, wenn es nicht seine wahre Begründung aus den unbewussten Tiefen der Frauenseele geschöpft und damit auch seine Rechtfertigung gefunden hätte. Dr. Adalbert, der mit drei Frauen gelebt hatte und mit ihnen auf seine Weise fertig geworden war, entging weder der Widerspruch in Ernas Lächeln noch dessen tiefere Begründung. Die kalte Flamme in seinen Augen züngelte stärker, wie von einem innern Sturm angefacht. Seine ausgebreitete, von Chemikalien geschwärzte Faust umklammerte das schmale Handgelenk des Mädchens.

»Ein Frauenzimmer, mag es rotbraun sein oder andersfarbig, das so verteufelt klug wäre, wie du es schilderst, und doch wieder nicht klug genug, selbst zu wissen, wann es gehen muss, ein solches Frauenzimmer, kurz und gut, soll der Teufel holen! Jedenfalls darf es seinem Herrgott danken, dass ihm die Probe auf das Exempel erspart bleibt! Es steht nirgendwo geschrieben, dass ein ideeller Mörder nicht auch zum wirklichen Mörder werden kann!«

Er schleuderte mit einem jähen Ruck Ernas Arm beiseite und pochte mit dem Zeigefinger auf die bemalte Leinwand.

»In dem Urbild dieses gemalten Schranks, der dort an der Wand steht, befindet sich eine Auslese wie nicht leicht wieder in der Welt! Glaubt ihr vielleicht in eurer kindlichen Einfalt, meine Teuren, Mutter Natur, die Allerzeugerin und Hervorbringerin, sei so wenig gebärfähig und der menschliche Witz so arm an Erfindungskraft, dass unter tausend Giften nicht mindestens ein Dutzend wären, die jeder nachherigen Analyse spotten, sobald sie ihre Schuldigkeit getan haben? Und muss ich Sie erst darüber aufklären, Sie Mann der Bindewörter und der Bedingungssätze, dass es eine Reihe von sinnreichen Präparaten gibt, die erst nach Stunden, nach Tagen, nach Wochen, ja nach Monaten ihre Arbeit im menschlichen Kadaver verrichten? Präparate, mit denen man Briefe auf Tausende von Meilen parfümieren kann, ohne dass der Empfänger eine Ahnung davon hat, wenn er sie einatmet …?«

»Großmächtiger Gott! Halten Sie ein! Halten Sie ein!«, rief Martin Treubier, der mit offenem Munde den Reden des Alten zugehört hatte. »Man wäre beinahe versucht, sich auszumalen, wir befänden uns hier in der Giftmischerwerkstatt eines Cesare Borgia oder einer Marquise von Brinvilliers! Wäre es nicht, statt sich in die Denkweise solcher finstern und verruchten Zeiten zurückzuversetzen, wahrlich schöner und erhebender, der Stimme der holden Gegenwart zu lauschen und frei nach Horaz den Augenblick festzuhalten, den flüchtigen unwiederbringlichen, dem ich den letzten köstlichen Tropfen aus diesem Silberbecher weihe?«

Eben wollte er mit verzückt überquellenden Augen den Pokal an den Mund führen, als Erna wie in jäher Eingebung aufschrie:

»Trink nicht, Martin! Trink nicht!«

»Aber Ernchen, Liebchen! Was fällt dir ein? Bist du krank? Weshalb sollte ich mir denn diesen höchst schätzenswerten Rest eines ganz einzigartigen Stoffes nicht ebenso munden lassen wie vorhin die Blume? Ich wundere mich über dich, Liebchen! Bei Gott! Ich wundere mich über dich! Dein ganzes Wesen kommt mir auffallend verstört und verändert vor!«

Treubier schüttelte mehrmals bedenklich den Kopf und ließ seine Blicke nicht ohne Sorge auf Erna ruhen. Dann wandte er sich nach links an Dr. Adalbert.

»Sie müssen mein kleines Bräutchen entschuldigen, bester Herr Doktor! Ich kenne mich selbst nicht mehr mit ihr aus. Vielleicht liegt es an der dumpfen Luft, die das Laboratorium erfüllt. Leider sehe ich keine Möglichkeit, eines der gotischen Kirchenfenster zu öffnen.«

Adalbert hatte stumm und ohne mit einer Miene zu zucken die Szene zwischen den beiden Verlobten verfolgt. Jetzt verzog sich sein Gesicht zu einer seiner gewohnten satirischen Grimassen.

»Wir befinden uns hier in einem ehemaligen Refektorium, also in einem Raum, in dem von den Mönchen wohl auf Essen, Trinken, Rülpsen und sonstigen Stoffwechsel, nicht aber auf frische Luft Wert gelegt wurde. Diese Eigentümlichkeit ist dem Raum bis heutigentags verblieben. Auch der gegenwärtige Bewohner misst frischer Luft keine Bedeutung bei, weshalb auch keine Vorrichtung zum Fensteröffnen besteht. Wer frische Luft will, muss auf die Straße gehen, würde allerdings in diesem Augenblick die Tür verschlossen finden.«

»Danke! Es ist nicht mehr nötig!«, sagte Erna mit mühsam wiedererrungener Fassung und versuchte zu lächeln, obwohl ihr Herz noch immer mit starken Schlägen klopfte und ihre Brust flog. »Du hattest recht, mein lieber Martin! Es lag an der merkwürdigen Atmosphäre hier. Sie hat mir richtig den Kopf verdreht! Was habe ich denn eigentlich für einen Unsinn gesagt?«

Treubier hatte seine gute Laune wiedergefunden. Er winkte Erna mit einer heitern und verzeihenden Gebärde ab.

»Schwamm darüber! Und Fiduzit dem fröhlichen Colloquium!«

Er erhob seinen Pokal, zuerst gegen Adalbert, dann gegen Erna, setzte ihn an die Lippen und leerte ihn, hingegeben kostend, bis auf die Neige.

»Machen wir die Nagelprobe!«, sagte Adalbert, der im gleichen Zuge wie Treubier getrunken hatte, und kehrte seinen Pokal um.

»Vortrefflich! Vortrefflich!«, rief Martin und tat das Gleiche.

Aus jedem der beiden Kelche löste sich ein dünner goldbrauner Tropfen und fiel zu Boden.

»Wir haben uns gegenseitig nichts vorzuwerfen!«, bemerkte Martin mit Genugtuung. »Die Waffen waren gut und gleich! Siehst du wohl, Ernchen? So ist es wackerer deutscher Männer Brauch, einander nichts schuldig zu bleiben!«

Eine kleine Pause entstand. Dr. Adalbert starrte vor sich hin und rieb seine Handflächen aneinander. Plötzlich sah er auf.

»Die Bemerkung, die Sie eben zu Ihrer Braut machten, hat einen tieferen Sinn, als Ihnen selbst bewusst ist. Wir beide fechten hier nämlich ein Duell aus!«

»Ein Weinduell!«, erwiderte Treubier und nickte Erna lustig zu. »Ausgezeichneter Spaß! Warum sollte man nicht ein Weinduell ausfechten! Wäre nur die Frage, um was das Duell eigentlich ginge? Es müsste doch einen Hintergrund haben. Und vor allem müsste eine neue Flasche her!«

Er lachte herzlich und blickte beifallheischend in die Runde. Aber Erna blieb stumm und unzugänglich. Wieder war eine Stille. Dann fragte der Chemiker in das Schweigen hinein:

»Glauben Sie an Unsterblichkeit, junger Mann?«

»Ganz gewiss! Ich glaube daran! Ich glaube an Seelenwanderung und Wiedergeburt! Nur verstehe ich nicht ...«

»Nun sehen Sie! Ich glaube *nicht* daran! Ich glaube, dass mit dem letzten Atemzug alles aus ist!«

»Es ist eine Gewissensfrage, höchstverehrter Herr Doktor! Jeder hat das Recht, sie auf seine Weise zu beantworten. Ich verstehe nur nicht ganz ...«

»Was verstehen Sie nicht?«

»Wie Sie gerade in dieser aufgeräumten Stimmung darauf verfallen?«

»Das will ich Ihnen erklären! Einer von uns beiden wird nämlich in weniger als einer halben Stunde so weit sein, dass er Bescheid, so oder so, auf die Frage bekommt!«

Der Alte hatte die Arme ineinander verschränkt und schwieg. Seine Augen waren fest auf Treubier geheftet, als wollten sie sich in den geheimsten Winkel seiner Seele bohren. Erna Krüger schien in diesem Augenblick nicht für Adalbert vorhanden zu sein. Sie selbst rührte sich nicht auf ihrem Stuhl. Kein Ton kam von ihren Lippen. Es war wie ein Starrkrampf, was ihre Glieder lähmte. Dabei war ihr Geist klar und hellsichtig wie vielleicht noch nie in ihrem Leben. Jede Einzelheit, die geschah, registrierte sich selbsttätig in ihrem Bewusstsein, wie das schreibende Barometer auf dem Papierstreifen im Wetterhäuschen. Sie glaubte alles, was kommen werde, genau vorauszuwissen, wie man eine Kette mit geschlossenen Augen durch die Finger laufen lässt, und hätte doch nichts davon in Begriffe zu fassen vermocht, so wenig wie sie zu einem Ton oder zu einer Bewegung fähig war. Das Schweigen zwischen den beiden Männern kam ihr wie eine Ewigkeit vor ... Die große Generalpause im Orchester, die kein Ende nehmen will ... Und doch waren vielleicht erst Sekunden verflossen, da sie nun die hohe Tenorstimme des Studienassessors wie aus nebelhafter Ferne an ihr Ohr klingen hörte.

»Meine liebe Erna hat mich ja auf so manches Merkwürdige vorbereitet, als sie mich zu Ihnen führte, verehrtester Herr Doktor. Dennoch hätte ich nie erwartet, dass ich es mit einem so absonderlichen Spaßvogel zu tun bekommen würde. Wenngleich ich das Gefühl nicht ganz unterdrücken kann, als ob mit der Hereinziehung so ernster Dinge wie Tod und Unsterblichkeit in den Bereich des Bierulks oder Weinulks doch etwas zu viel des Guten getan wäre.«

»Sie sind der Situation auch jetzt noch nicht gewachsen, mein Teuerster!«, entgegnete Adalbert. »Ich machte Sie bereits darauf aufmerksam, dass wir beide, Sie und ich, in diesem Augenblick ein Duell miteinander austragen. Und zwar auf Leben und Tod! Einer von uns wird auf der Strecke bleiben! Ich gebe dem, den es trifft, keine zwanzig Minuten mehr! Sie können sich darauf verlassen, dass ich mein Handwerk verstehe!«

Martin Treubier zwinkerte Erna, die noch immer regungslos dasaß, verständnisinnig zu und wandte sich dann wieder zu Adalbert.

»Da Sie mit Ihrem Scherz offenbar einen ganz bestimmten Plan verfolgen, verehrtester Meister, so liegt es mir natürlich fern, Ihre Kreise zu stören. Ich schließe mich also durchaus Ihrem Gedankengange an! Es wird ein Duell zwischen uns ausgefochten! Wiewohl ich keine Ahnung habe, warum! Aber bleiben wir dabei! Ich habe ja schon manchen harten Strauß mit wackern Kämpen bestanden! Welche Waffen werden gewählt? Vielleicht eine gute neue Flasche? Weinjunge bis zur Abfuhr?«

Treubier lachte herzlich und beugte sich über den Tisch vor, um keines Wortes und keiner Miene des sonderbaren alten Spaßvogels verlustig zu gehen. Dieser heftete seine grüngelben Katzenaugen unverwandt auf den vergnügten Studienassessor.

»Ihr erinnert euch, meine Kinder, was ich euch über die beiden Pokale sagte. Es sind in Form und Fassungsraum zwei völlig gleiche

Gemäße. Beide standen im Dunkeln auf der Kommode und waren mit Wein bis oben gefüllt. Sie waren durch nichts zu unterscheiden und auch in der Tat durch nichts unterschieden als nur durch eine Kleinigkeit ...«

»Welche?«, rief Erna plötzlich, wie aus einem furchtbaren Traum, der sie am Halse würgte.

»Aber Ernchen, Kleines ...?!«, mischte sich Treubier ein.

»Dem einen Kelch war ein einziger Tropfen einer gewissen Flüssigkeit von mir beigemischt. In diesem einen winzigen Tropfen wohnte der Tod! Es war Gift!«

»Welcher Pokal war es?«, schrie Erna, noch immer an allen Gliedern gelähmt.

Adalbert strich sich gleichmütig das harte viereckige Kinn.

»Wer will es wissen! Ich habe mich nicht darum gekümmert, als du die Kelche fortnahmst und hertrugst. Aber wir werden es bald erfahren! Es ist der angenehmste Tod, den es gibt! Ganz ohne vorherige Anzeichen! Man fällt um wie vom Blitz erschlagen! ... Begreifen Sie jetzt, mein Teurer, auf wie unvermutete Weise Sie recht hatten, als Sie davon kakelten, unsere Waffen seien gut und gleich? Beim Teufel! Das waren sie auch, bis auf die eine Kleinigkeit!«

Erna kämpfte verzweifelt gegen den Krampf, der sie fesselte. Ihr war, als läge sie auf dem Boden des Meeres und eine ungeheure Wassersäule stünde auf ihrer Brust. Das Wasser war durchsichtig. Sie konnte alles erblicken und verfolgen, was oben im Licht geschah. Aber der Atem drohte ihr zu ersticken unter dem furchtbaren Druck. Sie hörte sich selbst ächzen, hörte zerrissene Worte, die aus ihrer gemarterten Brust drangen.

»Mich ... mich ... haben Sie ... das Gift ... reichen lassen ...! Mich ... haben Sie ... zur Mörderin ... gemacht ...!«

Studienassessor Treubier runzelte unmutig die Stirn. Adalberts Scherz schien ihm allmählich etwas zu weit zu gehen.

»Erna! Liebchen! Kindchen! Merkst du denn gar nicht, dass Herr Doktor Adalbert sich nur einen grausamen Spaß mit dir erlaubt? Natürlich ebenso mit mir! Nur dass ich als Mann denn doch klarer sehe als meine kleine Braut! Wie kannst du nur an die Ernsthaftigkeit dieser uns vorgespielten Szene glauben? Du, die du sonst so gescheit bist! Und wenn dich nichts anderes überzeugt, so rufe dir einmal die eben gehörte Erzählung deines Meisters über die Genesis dieses Bildes zurück! Welches sind die Mittel, mit denen da operiert wird? Angst! Schrecken! Entsetzen! … Nun siehst du wohl, Liebchen! Auch du bist auf eine gewisse Weise das Opfer der von Herrn Doktor Adalbert beliebten vivisektorischen Methode geworden!«

Er war, während er diese wohlgeordneten Sätze zu Gehör brachte, aufgestanden und um den Tisch herum zu Erna gegangen. Stand jetzt vor ihr, die noch immer zurückgesunken dasaß, und wollte mit gutem ärztlichen Zuspruch ihre Hand fassen. Da war es, als ginge ein elektrischer Schlag durch alle ihre Glieder, der den Bann von ihnen löste. Sie sprang mit einem Satz auf ihre Beine und schrie Treubier an:

»Du ewiger Schulmeister! Du unheilbarer Pedant! Du kurzsichtiger Buchstabenmensch! Hast du denn gar kein Gefühl, wo du dich befindest und was um dich herum geschieht? Muss man dich erst mit der Nase daraufstoßen? Hast du gar kein Gefühl, in welcher Gefahr du bist? Gar kein Gefühl, mit wem du es zu tun hast? Mit dem tollsten, rücksichtslosesten, grausamsten aller Menschen, aber mit einem Genie! Hast du in deiner angebornen Blindheit keine Augen dafür, um wen es geht oder um was es geht?«

»Ja, um wen und um was soll es denn gehen, du Unglücksmädchen?«, stotterte Treubier, etwas aus der Fassung gebracht.

»Um mich!«, schrie Erna und warf die Arme hoch über dem Kopf zurück. »Um mich! Um mich! … Sagen Sie ihm, Meister, dass einer von euch beiden um meinetwillen sterben wird, damit er es endlich, endlich glaubt!«

»Du scheinst jetzt wirklich von dem hier herrschenden Wahnsinn angesteckt!«, sagte Treubier, dessen Gesicht sich ein wenig verfärbt hatte. »Im Übrigen glaube nicht, dass Furcht in meinem Herzen ist! Mein Leben steht in Gottes Hut! Aber es scheint mir an der Zeit, dass wir uns von hier empfehlen.«

Er fasste abermals Ernas Hand, um das entgeisterte und entrückte Mädchen mit sich fortzuziehen. Adalbert hatte sich groß und schwer von seinem Stuhl erhoben und stand vor dem Brautpaar.

»Weg da mit Ihrer Hand, junger Mann! Sie haben in diesem Augenblick noch kein Anrecht darauf! Die Geschichte wird in wenigen Minuten zwischen uns ausgetragen sein. Ich habe an dieses junge Frauenzimmer mein Leben und Ihres gesetzt! An Ihrem Leben liegt ja nicht viel! Ihresgleichen wächst nach wie Fliegenpilze. Meine Art ist rar! Aber mein Werk ist vollbracht! Das Adalberton ist da und funktioniert!«

Er schwieg einen Augenblick, als lausche er irgendeinem Vorgang tief in seinem Innern, dann sprach er mit fester Stimme weiter.

»Vielleicht war von den vielen Dummheiten meines Lebens diese die größte. Aber ich brauche die Weiber! Ich kann nicht ohne sie sein! ... Ich brauche dich, du rotbraune Hexe! Das Ganze hätte keinen Zweck mehr für mich gehabt, wenn du fort gewesen wärest! Ich bin mir klar, auch das war natürlich Illusion! Aber hol' mich der Teufel! Ich kam nicht davon los! Darum musste geschehen, was geschah! Ich lege meine Hand auf dich, Frauenzimmer, wenn ich übrig bleiben sollte! Im andern Fall bist du meine Erbin! Es ist alles besorgt! ... Willst du mich, wenn ich bleibe?«

Erna Krüger schwankte auf ihren Füßen, aber sie hielt sich aufrecht. Nebel war vor ihren Augen. Irre Worte rannen aus ihrem Munde, von deren Sinn sie nichts wusste.

»Niemals ... so!«, keuchte sie. »Niemals so! ... Niemals! Niemals!«

Treubier hatte sich auf den Stuhl sinken lassen, den vorher Erna innegehabt hatte, und starrte scheinbar gedankenlos vor sich hin. Sein Gesicht war sehr bleich geworden. Über den beiden verstörten jungen Menschen wuchtete die vierschrötige schwarze Gestalt des alten Zauberers und Hexenmeisters im Flackerschein der heruntergebrannten Wachskerzen. Die Zeit schien stillzustehen und den Atem anzuhalten. Der Arm des Schicksals hatte zum Streich ausgeholt. Wann würde er niedersausen?

Plötzlich setzte hoch oben auf dem Glockenstuhl von Sankt Gertrauden der Hammer der Kirchenuhr zum Schlagen an. Zwölf langhindröhnende metallene Schläge. Es war Mitternacht, und der Ostermorgen brach an. In den sonoren Bass des letzten Schlages fiel die helle singende Kinderstimme des Glockenspiels ein, das soeben wieder seine alte Weise anhob: »Dir, Dir, Jehova ...«

Die drei Menschen lauschten den Klängen aus der Höhe. War es nicht, als ob Friede einziehe in die zerwühlten Herzen? Wozu Hass und Wut und Wahn und Gier und Selbstzerfleischung? Wie oft hatte Adalbert sich über das Gebimmel in der Höhe geärgert und die menschliche Dummheit verwünscht, die dort ihre ewig gleichbleibende

Litanei ableierte! Aber in diesem Augenblick ging es ihm weich und lind ein wie irgendein längst vergessenes Kinderlied, mit dem man ihn in den Schlaf gelullt hatte, als er drei, vier Jahre alt gewesen ... Seine Mutter, seine Amme oder weiß Gott wer hatte es gesungen ... Unendlich lang war es her! Wer den Weg von damals bis heute noch einmal zu gehen vermocht hätte! Wer Getanes ungeschehen hätte machen können! Er fühlte einen messerscharfen Stich ganz nahe dem Herzen, wo der Quell des Lebens springt ...

Der Augenblick war vorüber. Die unsichtbaren Mächte auf der nächtlichen Turmhöhe hatten ihr Wort gesprochen und schwiegen jetzt. Der Alte warf einen Blick auf den vor ihm kauernden Studienassessor.

»Glauben Sie noch immer an Unsterblichkeit, junger Mensch?«

»Mehr denn je, nachdem alles andere, was Leben heißt, mir unfassbar geworden ist!«

Eine diabolische Grimasse lichterte über Adalberts Gesicht. Er beugte sich zu Erna vor und deutete auf ihren Verlobten.

»Selbst solchen Dutzendexemplaren aus der Werkstatt der Schöpfung wie deinem Studienassessor kann man die Zunge lösen, wenn man ihnen einmal gründlich die Krawatte zuzieht! Vielleicht gelingt es mir noch, ihn sogar bis zur Genialität zu steigern ...«

Ein gellender Schrei verschlang seine letzten Worte. Erna war es, die ihn ausgestoßen hatte. Ein fremder junger Mensch stand am Mittelpfeiler des Refektoriums, nur wenige Schritte von der Gruppe der drei entfernt, die ganz ineinander verkrampft nichts von seinem Erscheinen wahrgenommen hatten. Der Schein der Glühlampe am Pfeilerkapital fiel grell auf ein verlebtes, höhnisch verzerrtes Gesicht und unterstrich seine scharf gezeichneten Schauspielerlinien. Schwarze Haare schneckelten sich wirr unter der gelb und grün gemusterten Reisemütze und klebten auf der bleichen schweißgefeuchteten Stirn. Es war Hermann, Adalberts Sohn, der überraschend wie Hamlets Geist aus der Versenkung aufgetaucht schien. Der junge Mensch zog seine Mütze vom Kopf, schwenkte sie mit pathetisch übertriebener Devotion gegen die Anwesenden und sprach, ehe noch einer von ihnen seine Fassung wiedergewonnen hatte:

»Meine Reverenz der geistvollen Kommune! Man entschuldige, dass ich so unerwartet die Bühne betrete! Aber ich wohne der Vorstellung schon lange hinter der Szene bei! Jetzt ist mein Stichwort gefallen!«

»Schere dich zu Satans Großmutter, die dich hergeschickt hat!«, schrie Adalbert und machte eine Bewegung, als wolle er sich auf den Eindringling stürzen.

»Achtung! Das Ding ist geladen!«, erwiderte Hermann und erhob mit gemachter Nachlässigkeit eine kleine Pistole, die er aus der Tasche gezogen hatte. »Du wirst dir wohl denken können, alter Herr, dass ich mir nach meinem heutigen Besuch sagen musste: Nie ohne dieses mehr zu dir! Ich habe es mir von dem Geld erstanden, das du mir als letzte Abfindung vor die Füße geworfen hast! Du siehst, gute Werke belohnen sich!«

Adalbert atmete schwer. Man sah, wie seine Brust sich hob und senkte. Er schien mühsam an sich zu halten.

»Wo kommst du her?«, fragte er tonlos. »Wer hat dich hereingelassen?«

Der junge Mensch lachte höhnisch auf.

»Als du dich gegen Abend an die Luft begabst, habe ich mich eingeschlichen. Die alte Vettel, die bei dir aufräumt, war etwas besorgen gegangen und hatte die Tür aufgelassen. Die Gelegenheit war wieder einmal günstig! Jetzt wird abgerechnet!«

»Den ganzen Abend bist du hier?«

»Stimmt, alter Herr! Ich hatte ein gutes Versteck! Das alte Gerümpel da, dicht bei deinem famosen Mordschrank! Ich habe alles beobachtet und alles verfolgt! Ich sah, wie du zuerst ein Fläschchen hervorholtest und dir eine Spritze machtest! Es wird wohl das bewusste Mittel gewesen sein, das dich wieder jung machen soll! ... Ha! Ha!«

»Du ... du ... Hundekerl!«

»Bravo, alter Herr! Ich rühme mich ja, dein Sohn zu sein! Carlos und Philipp! Die alte Geschichte! Aber diesmal siegt Carlos! Das ist der neue Schluss! Diesmal *hab* ich dich, König Philipp! Du entkommst mir nicht!«

Der große breitschultrige Mann stand vornübergebeugt da, mit geballten Fäusten. Seine Kehle war ausgetrocknet. Die Zunge klebte ihm am Gaumen.

»Was willst du hier? Weshalb bist du gekommen?«

»Was ich will? … Geld wollte ich! Und Rache! Und mein Recht als Sohn! Was weiß *ich*, was ich wollte! Aber jetzt weiß ich, was ich will und was du bist!«

»Was bin ich? … Antworte!«

»Das will ich dir sagen, alter Herr! Ein Mörder bist du! Heute wie von je! Vormals hast du deine Opfer nur mit Hilfe der Fantasie gemordet! Jetzt vergiftest du sie leibhaftig und ganz! Den flachshaarigen Idioten da willst du aus dem Wege räumen! Seine Braut willst du an dich reißen! Niemand hätte dein Gift entdeckt! So war dein Plan! … Fein ausgesonnen, Pater Lamormain! Alles wäre vielleicht geglückt! Aber Hermann, dein Rabe, erschien! … Jetzt bist du in meiner Gewalt! Springen sollst du mir, wie ich pfeife! … Tanzen will ich dich lassen! … Meine Mutter im Grabe soll ihre Rache haben …!«

Der junge Mensch hatte sich an seiner eigenen Rede berauscht. Seine schwarzen Augen funkelten und rollten. Seine rechte Hand fuchtelte mit der Pistole hin und her. Es war der größte Augenblick seines Lebens. Er stand auf der Bühne, vor Tausenden von Menschen, und spielte die Bombenrolle des Rächers und des Opfers in einer Person!

»Du bis ins Mark verfaulter Komödiant!«, brüllte Adalbert, griff nach einem Stuhl, der vor ihm stand, schwang ihn im Kreise über sich und wollte ihn auf Hermanns Kopf niedersausen lassen, als er mit einem Schlage zusammenbrach. Der Stuhl flog in weitem Bogen durch das Laboratorium, ohne jemand zu treffen.

Studienassessor Treubier und Erna Krüger, die in starrer Spannung, unmächtig jedes Wortes, der Auseinandersetzung zwischen Vater und Sohn gefolgt waren, sprangen beide gleichzeitig aus ihrer Betäubung auf und stürzten zu dem am Boden Liegenden hin, um ihn aufzurichten und ihm zu helfen. Aber es war keine Hilfe mehr vonnöten. Dr. Adalbert, der Erfinder des Adalbertons und vieler anderer merkwürdiger Dinge, die seinen Namen in der Welt bekannt gemacht hatten, war verstummt für immer.

»Der alte Nekromant ist am Ziel! Es war das Klügste, was er tun konnte!«, sprach Hermann, sein Sohn, und ließ die Pistole, die er gerade auf den Alten hatte abfeuern wollen, auf die Steinfliesen fallen.

Drei Tage später wurde Dr. Adalberts sterbliches Teil unter den uralten Linden und Ulmen des Gertraudenkirchhofs zur letzten Ruhe gebettet.

Die Beteiligung der Stadt an dem Begräbnis ihres berühmten Bürgers war über alle Maßen groß, und viele ehrende Reden klangen ihm in das offene Grab nach, zumal über die näheren Umstände seines jähen Endes durch die drei Beteiligten Schweigen bewahrt worden war. Auch eine Straße sollte auf seinen Namen getauft werden, wie der Bürgermeister in seinem flammenden Nachruf verkündigte, da es noch keine Adalbertstraße in Neuburg gab.

Eine Stunde später fand die Testamentseröffnung statt. Erna Krüger war nach Abzug einiger Legate und Stiftungen zur Alleinerbin eingesetzt. Insbesondere waren ihr der Besitz und die Verwertung des Adalbertons zu treuen Händen übertragen worden.

»War das alles nicht wie ein quälender Traum, dem jetzt ein beglückendes Erwachen folgt?«, meinte der Studienassessor, als sie nach dem notariellen Akt das Laboratorium verließen und Seite an Seite durch die alten Gassen der Stadt gingen.

Erna Krüger, die in ihrem schwarzen Kostüm bleich und verweint aussah, nickte nur stumm. Ihre Gedanken weilten bei dem wunderlichen, wahnverstrickten Mann, der nun von dem finstern Phantasma seines Lebens genesen war.

»Wunderschön, Ernchen, hebt sich deine Trauergewandung von deinem rotbraunen Haar ab!«, sagte Treubier bewundernd. Dann nahm er den bereits angesponnenen Gedankenfaden von Neuem auf, indem er mit seinem Stock eine prächtige Doppelterz schlug.

»Nie und nimmer werde ich glauben, dass es mehr als ein Traum oder ein Alpdruck war, was wir in der Osternacht erlebt haben! Die Geschichte mit dem Gifttropfen in dem einen Pokal ist nichts als ein barocker Einfall gewesen, wie er nun einmal im Charakter deines Meisters, unseres Wohltäters, begründet war. Ich gestehe offen, wenn auch nicht ganz ohne Beschämung, dass auch ich für kurze Zeit der suggestiven Gewalt jenes Einfalls unterlegen bin. Aber gibt es einen zwingenderen Beleg für meine Ansicht als die Tatsache, dass die Leichenöffnung des Erfinders nicht eine Spur von Beweis für Vergiftung erbracht, sondern nur einfachen Gehirnschlag festgestellt hat? Sei es infolge der Aufregung mit dem Sohn! Sei es durch unvorsichtige Benutzung seines eigenen Verjüngungspräparats! Wie auch immer! Es war die Handlungsweise eines absonderlichen Originals, dessengleichen nie wiederkommen wird, aber nicht eines Verbrechers! Ehre seinem

Angedenken! Sein Schicksal lehrt uns, dass auch das Genie nicht glücklich macht. Bescheiden wir uns darum mit dem, was wir sind, und wandeln wir frei von Vermessenheit unsere Erdenbahn ab!«

»Amen!«, murmelte Erna vor sich hin, aber es geschah so leise, dass Martin Treubier sie nicht verstand – wie gewöhnlich!

Frau Meseck

Eine Dorfgeschichte

Es war ein Wochentag und mitten in der Weizenernte. Aber da es die Tage zuvor geregnet hatte, so war an ein Einbringen des nassen Getreides nicht zu denken. In der Nacht hatte der Himmel sich des Regens begeben und seit den frühesten Morgenstunden rührten Männer, Frauen und Kinder sich auf den Feldern und bückten sich in langen Reihen, um die durchweichten Schwaden auszubreiten und in die halbverfaulten Weizen- und Gerstengarben Licht und Luft hineinzulassen. Die meiste Mühe kostete es, die Hocken, deren jedes aus fünfzehn oder zwanzig Garben bestand, Satz für Satz umzuwerfen, die Bänder der einzelnen Garben aufzulösen und den verregneten Weizen auf den feuchten Stoppeln frischgeschüttet hinzubetten. Da floss mancher Schweißtropfen über die braungebrannten Gesichter, die Schnapsflasche kreiste fleißig in der Runde und mancher Kernfluch fuhr auf zum grauverhangenen Morgenhimmel. Denn die Arbeit war umso verdrießlicher, als mit Trockenwerden die Garben von Neuem gebunden und in Hocken aneinander gestellt werden mussten.

Darüber war der Tag lichter und lichter heraufgestiegen und als die Leute um neun Uhr, bald nach dem Frühstück, das Getane überschauten und aufatmend ihre Harken auf die Schulter nahmen, da blinzelte durch die schweren grauen Wolkenschleier lustig der erste Strahl der langentbehrten Sonne. Nun war es an ihr, zu tun, was ihres Amtes, und die klatschnasse Mahd, die in dünner Schicht auf den hohen Stoppeln hingestreut lag, mit sengendem Atem zu durchglühen. Bis abends oder morgen vormittags würde es dauern, ehe alles wieder resch und trocken zum Binden war. So lange musste die Erntearbeit ruhen und anderes gab es wenig um diese Zeit zu tun. Ein langer müheloser Sommertag stand in Aussicht.

Ein heißer Wind strich über die gelben Felder der Niederung und flüsterte im Schilf der trägen Gräben und Wasserläufe, die weit und breit das ebene Land durchkreuzten. In scharfgeschnittener Silhouette gegen den hellen Untergrund der Felder und den blaugewölbten Himmel darüber bewegten sich die langen dunklen Linien heimkehrender Arbeiter längs den holperigen Feldrainen dem fernen Dorfe zu. Lange schwieg die Unterhaltung. Denn auf den schmalen Fußsteigen, die zwischen Disteln und wildem Klee sich hart am Rande der breiten Gräben hinwanden, musste man sorglich des Weges und seiner Schritte achten, wollte man nicht unversehens an der steilen Böschung abrutschen und ins Wasser purzeln. Als aber der breite weidengesäumte Triftweg erreicht war, der aus den Feldern her gradwegs in das sonnenbeglänzte Dorf führte, da lösten sich die ungelenken Zungen und ein sattsames Geschwätz belebte die verarbeiteten Gesichter.

Die Sonne brannte schwül wie zur Mittagszeit, der Himmel erschien dunstigblau, gegen Norden hin, dort wo einige Stunden entfernt hinter der unabsehbaren Niederung das Meer liegen musste, sank eine schwere Wolkenwand langsam gegen den Horizont.

Aber es sei kein Verlass auf die Witterung, das war die allgemeine Ansicht. Zu viel Feuchtigkeit lag in der Luft. Man spürte ordentlich, wie es sich einem schwül auf die Brust legte und den Atem benahm. Wenn die Sonne so weiter brannte, musste sie allen Regen, der in den letzten Tagen gefallen war, aus dem Boden wieder aufsaugen und dann könnte es ein schönes Gewitter absetzen. Um Mittag würde es sich entscheiden.

Wenn nur der Wind sich gehörig aufmachen wollte. Aber gerade der ließ immer mehr nach und gegen das Dorf hin, als man in den schützenden Bereich der Scheunen und Ställe gelangte, hörte er überhaupt auf.

Schlimme Aussichten für all den Weizen, der geschnitten oder gehauen auf den Feldern lag. Es könnte noch viel Arbeit mit dem Einernten geben. Am besten, wer gewartet und während der Regenzeit den Weizen auf dem Halm gelassen hatte. Aber das waren die wenigsten Besitzer im Dorf. Die übrigen konnten sich darauf gefasst machen, dass ihnen die Ernte auf dem Felde verfaulte.

Eine kleine Pause trat ein, in der ein jeder sich dem Behagen der eigenen Sicherheit hingab. Ihnen war es gleich, ob Regen oder Sonnenschein auf die Felder der Besitzer fiel. Sie standen als Knechte in festem Lohn und Deputat und mussten noch zu dem Ihrigen kommen, wann es Chausseesteine vom Himmel hagelte. Aber auch kein Scheffel über das Bedungene fiel für sie ab, wann der Weizen einmal doppelt so viel schüttete wie in anderen Sommern.

So stapften sie breitbeinig und bedachtsam dahin unter den grauen verschrumpften Weiden, Männer und Weiber, schwankend wie vollbeladene Frachtschiffe, knochig und untersetzt, mit gewölbten Schultern vom Tragen langer Lasten, Geschöpfe dieser schwarzen Erde, die an ihren schweren Stiefeln klebte, und doch losgerissen von dem fruchtbaren Grund, aus dem sie aufgewachsen waren, besitzlos und entwurzelt, Herren nur ihrer Knochen und Sehnen, dunklem Wandertrieb geneigt.

»Glock drei is die Trauung«, sagte die Schinowskische, eine große hagere Frau mit einem rotwollenen Tuch, das sie zum Schutz gegen die Sonne fest um den Hals geschlungen hatte, und stieß ihren Mann in die Seite.

Es schien, als habe das Wort insgeheim allen auf der Zunge gelegen und nun sei der Bann gelöst.

Richtig! Heute die silberne Hochzeit bei Mesecks, und um drei Uhr sollte die Einsegnung in der Dorfkirche stattfinden. Das musste etwas ganz Apartes werden.

»Wie alt is sie nu eigentlich, die olle Meseck'sche?«, fragte der junge Däms, ein hübscher, strammer Bursch von dreiundzwanzig Jahren, den alten Bartel, der gebückt neben ihm ging. »Die is doch 'n Johr zwanzig öller aß du, Bartel?«

»Im fünfundneunzigsten is sie, jo, im fünfundneunzigsten«, antwortete der Alte und wechselte die Harke von der linken auf die rechte Schulter. »Johr dreißig bin ich jünger aß sie. Ich besinn' mir noch gut. Ich stand in die besten Johre, wie sie nochmals heiraten tat. Sie war donnmols allbereits an die siebzig, mit einem Fuß in die Grube, wie man zu sagen pflegt, aber sie hat 'n andern nich nachgezogen, na, alles was recht is, sie hat sich gut gehalten. Einer sieht ihr die Johre nich so leicht an. Die fahrt noch nich so schnell ab. Wer weiß, wie mancheiner noch eher an die Reihe kömmt!«

Er wischte sich mit dem behaarten Handrücken den Schweiß von der verwetterten Stirn und strich ein paar weiße Haarsträhnen zurecht, die unter dem Rande des abgegriffenen Strohhutes über sein ausgedörrtes Gesicht gefallen waren.

»Is die Möglichkeit!«, meinte Däms und schüttelte den Kopf. »Im fünfundneunzigsten! Kartoffeln puhlt sie aus der Erde wie nischt. Mein heiliges Wort! Ich tat's nich glauben, wenn ich sie nich mit meine eignen Augen gesehen hoad, vorchte Woch', wie wir 's letzte Heu vom Hinterland eingefahren haben.«

»Und *er* is vergangene Jahr ganz grau geworden«, warf die Schinowskische ein. »Passt opp, wenn sich die man nich noch 'n dritten nimmt! Die gibt nich nach, bis dass sie ihm unter die Erde gebracht häwt.«

»Die goldne Köst[1] hat sie mit 'm ersten gefeiert. Von Dog[2] die silberne mit 'm zweiten. Nu noch mal opp de Frieg'[3] mit 'm dritten. Dann wird sie woll Ruh' geben.«

»Die hat 'n Bund mit 'm Bösen gemacht. Solang aß sie will, muss er ihr am Leben lassen.«

»Is das wohr, dass sie immer nach die Sternchens kuckt?«

So flogen die Reden durcheinander, und am meisten taten sich die Frauen hervor, sodass der betagten Silberbraut die Ohren hätten klingen müssen von all den Freundlichkeiten, die man ihr nachzusagen wusste.

Darüber war man ins Dorf gelangt und die Männer zerstreuten sich auf die Höfe, die einer hinter dem andern wohlhäbig an der Chaussee hingelagert waren, während die Frauen sich in die weiter abliegenden Katen zurückzogen, die jenseits des lehmigen Flüsschens die dunklere Partie des Dorfes ausmachten.

Es war zehn Uhr vormittags, also noch Zeit genug, das Mittagessen für die Männer herzurichten und aufs Feuer zu bringen. Nach dem Essen wollte man dann die Hochzeitswagen abwarten und hinterher an der Kirchentür das Silberpaar an sich vorbei zum Altar treten sehen.

Es war aber auch eine gar seltsame Ehe, die an der gleichen Stelle heute erneuert werden sollte, wo sie vor langen fünfundzwanzig Jahren einst eingesegnet worden war. Unter den älteren Leuten des Dorfes erinnerte sich noch mancher des Tages, an dem die siebzigjährige Frau Gerlach, ihres Zeichens wohlgegründete Besitzerswitwe, ihrem um fünfundvierzig Jahre jüngeren Inspektor Meseck am Altar der umgrünten Dorfkirche die Hand zum Bunde fürs Leben gereicht hatte. Ein ähnlicher Erntetag war es gewesen wie heute und gleichfalls ein nasser Sommer, wie man denn hier in der Nähe der See auf die nassen Sommer eingerichtet war.

1   Köst = Hochzeit.

2   Von Dog = Heute.

3   Frieg = Freite.

66

Frau Gerlach, die jetzt Frau Meseck hieß, hatte vor diesem über ein Jahr um ihren ersten Seligen zu trauern gehabt, mit dem sie in langer, aber kinderloser Ehe bis gegen das Alter des Propheten gediehen war. Ja, noch die goldene Hochzeit hatten die beiden miteinander gefeiert, wenige Tage, ehe das würdige dürre Männchen über Nacht die Augen für immer schloss. Man wusste nicht genau, ob vor Freude über das Unmaß von Glück, das ihm beschieden war, oder aus Schreck, dass es noch immer kein Ende nehmen wollte. Denn ob die Ehe der beiden Leute so glücklich gewesen war, wie man es von einem Jubelpaar verlangen konnte, darüber waren die Ansichten geteilt. Fehlte ihr doch der sichtbare Segen von oben, der leibliche Nachwuchs, und wer das Paar gekannt hatte, der konnte nicht im Zweifel darüber sein, dass es nicht an der Frau Gerlach gelegen hatte, wenn die Erben für das schöne Grundstück ausgeblieben waren. Noch in späteren Jahren war sie eine volle stattliche Erscheinung mit merkwürdig tiefen Augen und blauschwarzen Haaren, in denen nur wenige graue Fäden schimmerten. Man sah ihr an, dass sie in ihrer Jugend eine Schönheit gewesen war und wohl viele Verehrer gehabt hatte. Umso größer war also die Verwunderung gewesen, als nach dem Tode des Vaters die begehrte Erbtochter vom Ausbau draußen die vermöglichsten Partien ausschlug und dem zweiten Lehrer im Dorfe Haus und Hof übertrug. Das war ein Bruch mit allem, was im Dorfe je erlebt worden, und das prophezeite Unheil blieb nicht aus.

Gerlach, ein schmächtiger blasser Mensch mit einer Brille über der Nase und aufgesträubten Haaren, hatte sich zwar nicht ohne Würde in das neue Amt hineingefunden, und der Verfall der Wirtschaft, den man unter einem Schullehrer sicher erwarten musste, war zur allgemeinen Überraschung nicht eingetreten. Eines aber hatte sich das Paar, das so vom Wege sicherer Überlieferung abgewichen war, doch nicht, vom Himmel erzwingen können: die Kinder.

Das war die Strafe, wenn ein Bauernfräulein aus altem Schlag und Erbtochter dazu sich einen schwindsüchtigen Fibelfuchser zum Manne nahm. Waren nicht genug andere da, die mit Freuden seine Stelle eingenommen hätten? Wie war die Frau nur auf den verschrobenen Einfall gekommen? Sie hatte nur einen gebildeten Mann haben wollen, so hieß es, darum war ihr Auge über all die stiernackigen Dorfjunker weg, die ihr Lesebuch längst wieder ausgeschwitzt hatten, auf den einzigen erreichbaren Vertreter von Bildung und Sitte gefallen. Dies war der zweite Lehrer, denn der erste war längst versorgt und glücklicher Vater von acht Töchtern.

So bekam sie denn ihren Willen, und es wurde wieder einmal klar, wie weit man mit der berühmten Bildung gelangte. Zu Kindern jedenfalls nicht.

Im Übrigen hatte man im Dorf die beiden Leute ihr Schicksal tragen lassen, so gut oder so schlecht es eben gehen wollte. Das taten sie denn auch und kümmerten sich so wenig um die Nachbarn, wie diese um sie. Soweit man hier von Nachbarn überhaupt reden konnte.

Das Gerlach'sche Gehöft lag nämlich wohl eine Stunde vom Dorfe entfernt einsam mitten im Felde, dem Hinterlande, wie diese abgelegene Gegend im Volksmunde hieß. Es war ein sogenannter Ausbau – und außer durch Kirche und Schulzenamt bestand wenig Gemeinschaft zwischen Dorf und Ausbau. Dieser führte ein Dasein für sich, von dem nur selten ein Lebenszeichen in die dörfliche Außenwelt drang. Wohnhaus, Scheune und Stallgebäude standen nach Landesart im Rechteck zueinander, ein hoher, dichter Weidenhag umschloss das Ganze, sodass nur auf der Vorderseite eine Einfahrt offen blieb und gerade noch der rote Dachgiebel über die Weidenwipfel hinausragte. Ringsherum aber auf den Äckern und sumpfigen Wiesen breitete sich tiefstille Einsamkeit, nur selten unterbrochen durch den Ruf eines Kiebitzes oder das Gelärm der Rohrdommeln, die in den nahen Moorlachen ihr Wesen trieben.

Ja, man mochte auf eigene Gedanken kommen in dieser weltfernen Abgeschiedenheit. Die Frau, die statt eines strammen Besitzerssohnes einen armen, spindeldürren Schullehrer hier hineingesetzt, hatte wohl nicht umsonst ihre Jugendzeit in solcher Umgebung verlebt. Sie hatten ja alle ihren kleinen Sparren weg, die da draußen auf dem Ausbau, es musste wohl in der Luft und dem Alleinsein liegen. Warum sollte die letzte Erbtochter schließlich eine Ausnahme machen? Mochte sie ihren Todeskandidaten behalten.

Und sie behielt ihn lange genug. Für einen Schwindsüchtigen, dem das Dorf kein Jahr mehr gegeben, hatte sich der gute Gerlach erträglich konserviert. An seinem goldenen Hochzeitstage erwies sich die Wahrheit des alten Wortes von dem Manne, der zuletzt lacht. Jetzt konnte er lachen, denn den allermeisten, die damals schadenfroh sein nahes

Ende angesagt hatten, war längst das Lachen und alles andere dazu vergangen.

Man kam zu Jahren draußen auf dem Ausbau, das hatte von jeher im Dorfe gegolten und nun bestätigte es sich wieder einmal, wenn man die Zähigkeit sah, womit der alte Herr trotz seines mumienhaften Äußeren und seiner eingeschnurrten Lunge den einmal erworbenen Posten behauptete.

Freilich, gegen seine Frau kam er nicht auf. Denn als man ihn nach brav erfülltem Lebenswerk vierlang ins Dorf zurückkutschierte, vorüber an demselben Schulhaus, aus dem er einst im schmalen Röckchen zum Brautgang angetreten war, da ließ es sich seine Witwe nicht nehmen, schon eine Weile vor dem Dorfe vom Wagen zu steigen und festen Schrittes, ungestützt, hinter dem Sarge einherzugehen. Und auf dem Kirchhofe, wo man ihn hart neben der Kirche im Erbbegräbnis einbettete, da schüttete sie ihm die letzte Handvoll Erde ins Grab nach, ohne mit der Hand zu zittern oder mit der Miene zu zucken. Und keinen Ton sprach sie, vergoss auch keine Träne und nichts in ihrem Gesicht verriet, was eigentlich innen vorging, sondern wandte sich aufrechten Kopfes von der Gruft weg, ungebeugt vom Schmerz wie von der Last der Jahre. Denn hoch in den Sechzig musste sie sein, nur wenig jünger als der, den nun die wohlverdiente Erde deckte, aber sie sah aus, als habe sie kaum die Fünfzig hinter sich und stände noch in den besten Jahren mit ihrem noch immer schwarzen Haar und der mittelgroßen, ungebrochenen Gestalt.

So schien sie eine von den langsamen Naturen, die selten und kostbar wie alter Wein mit den Jahren an Kraft und Feingehalt zunehmen und denen man Zeit lassen muss, zu reifen, damit sie dann weit über Menschenmaß dauern. Für solche Wesen entfaltet sich das Leben erst voll im Alter, und zu einer Zeit, wo anderen schon müde der Kopf auf die Brust sinkt, überraschen sie durch Jugendtaten. Im Dorfe sahen das freilich die meisten anders an. Die Aufgeklärten sprachen von Herzenskälte und Gemütsroheit, im Volke aber munkelte man von Hexerei und allerlei bösen Künsten.

Und dann geschah, was allem die Krone aufsetzte. Frau Gerlach heiratete zum zweiten Male. Ein solcher Fall bei einer neunundsechzigjährigen Witwe war weit und breit noch nicht erlebt worden. Und ein Mann von kaum fünfundzwanzig war der glückliche Bräutigam.

Meseck war bald nach dem Tode des ersten Mannes als Inspektor auf den Hof gekommen. Darin war nichts Auffälliges, und niemand ahnte, dass es schließlich mit einer Heirat enden würde. Der junge Inspektor stammte aus einem der Nachbardörfer von der sogenannten Höhe. Dies war ein hügeliger Landrücken, der sich von weither aus dem Innern des Landes bis gegen die See hinzog und als einzige Erhebung den Blick aus der sonst unbegrenzten Ebene nach Westen abschloss. Hinter jenen blauen Hügelketten ging jeden Abend die Sonne unter, und wenn das ermüdete Auge in all der grenzenlosen Weite einen Ruhepunkt suchte, so richtete es sich gegen Abend und weilte auf den dunstigen Höhenkämmen, die von dunklen Fichtenwäldern gekrönt je nach der Luftstimmung näher heranzurücken oder ferner zurückzutreten schienen.

Aus einem der deutschen Dörfer am Abhänge jener Höhen, denn weiter ins Land hinein, jenseits der blauen Wälder, herrschten schon polnische Sprache und Art, war der junge Meseck gebürtig. Man sagte dem Schlag, der von dort kam, nach, dass er bieder und zuverlässig sei. Auch galten sie für tüchtige Landwirte, die es wohl mit den weit und breit berühmten Bauern der Niederung aufnahmen. Doch gab es dort meist kleinere Besitzungen, die sich nach altem Brauch vom Vater auf den ältesten Sohn vererbten, indes die jüngeren Söhne, mit einer geringen Abfindung in der Tasche, auswärts als Verwalter oder Inspektoren ihr Glück versuchten und wohl auch manchmal in ein warmes, weich gebettetes Nest hineinheirateten.

So einer von den Nachgeborenen und Enterbten war auch der jugendliche Inspektor, den die Witwe des Herrn Gerlach, kurz entschlossen, sozusagen eigenhändig sich aus dem väterlichen Gehöfte weggeholt hatte. Er war ein großer, strammer, etwas vierschrötiger Junge, mit Pferden und Schweinen aufgewachsen, unter den Knechten wie zu Hause, zugreifend und ohne Zimperlichkeit, jeder Arbeit kundig, die im Wechsel des Jahres auf einem Hofe vorkommen konnte, ebenso gewandt in der Stellmacherwerkstatt wie beim Vieh und auf dem Felde, für den Posten eines Wirtschafters geboren.

Und er wirtschaftete mit Leidenschaft. Unter den wenigen Gedanken, die ihn beherrschten, war dies der mächtigste, er möchte nur immerfort wirtschaften und wirtschaften dürfen, disponieren und anordnen und, was das Liebste, selbst mit Hand anlegen, wenn Not am Mann war.

Aber hier stocherte, seit er denken konnte, der dumpfe Schmerz in ihm, dass er einmal fort müsse von der elterlichen Scholle, wenn er groß sein würde und der Vater tot. Denn es waren ihrer sieben Geschwister, darunter der sechste er selbst, und der Raum war zu knapp für sie alle, das begriff er wohl.

Da war eines Tages, gerade um die Zeit, da er konfirmiert werden sollte, mit den ersten Härchen auf seiner Oberlippe der Gedanke in ihm aufgekeimt, er brauchte ja nur, wie schon mancher andere, von dem er gehört hatte, eine reiche Partie zu machen, um die Ungerechtigkeit seines Loses wieder auszugleichen. Der Einfall eines Augenblickes, da ihm sein Schicksal gerade besonders hart erschienen war, hatte sich mit den Jahren festgewurzelt und wuchs dicht neben dem anderen, dass der Zeitpunkt des Abschiedes von den elterlichen Fleischtöpfen näher und näher heranrücke. Allzu viel Zeit zum Nachdenken war ihm ja überhaupt nicht gelassen, dafür sorgte schon der Vater, der ihn wie den übrigen Hausstand in frostiger Morgenfrühe aus dem Bette jagte und ihn den ganzen Tag vom Hof ins Feld und vom Felde wieder auf den Hof hetzte, bis der ungeschlachte Bengel abends um neun schwer wie ein Sack umfiel und die ganze Nacht traumlos durchschlief.

Da war also wenig Raum für Grübeleien, aber wenn einmal am Sonntagnachmittag eine ungewisse Angst vor der Zukunft ihn beschleichen wollte, so griff er nach dem Zauberkräutlein, dazu brauchte er sich kaum zu bücken, so bequem stand es zu Händen, und die bösen Bilder waren weggebannt, dafür mit einem Schlage eine weite Fernsicht aufgetan über Wiesen, frisch gestürzte: Brache und Zuckerrübenäcker bis zu einem langgestreckten schlossartigen Bau in einer Waldlichtung, gerade noch so weit erkennbar, dass man die hohe Auffahrtsrampe vor dem Portal unterschied und die lange Front winziger Fensterkarrees in der Abendsonne brennen sah. Und hier hauste als allgebietender Gutsherr er selbst und ritt von morgens bis abends die Felder ab, kommandierte und kujonierte, fasste auch selbst mit an, wo etwas verfehlt war, und ließ sich von niemandem in die Wirtschaft dreinreden, denn er hatte von der Pike auf gedient und verstand alles am besten. In den Forsten aber, die sich hinter dem Schloss noch eine Stunde weit hinzogen, hielt er manchmal eine kleine Treibjagd ab, doch nur im Spätherbst, wenn alles zugepflügt und für den Winter

bestellt war. Denn Arbeit geht vor Erholung und unter Extravergnü-
gungen darf die Wirtschaft nicht leiden.

Und wie seltsam hatte sich nun alles gefügt und stimmte doch gar
nicht so recht zu den Bildern, die an Sonntagnachmittagen der heran-
wachsende Kleinbauernjunge sich von der Zukunft entworfen hatte.
Er war selbstständiger Besitzer geworden, ja, darin hatte ihn seine
Ahnung nicht betrogen, und wenn auch das Rittergut zu einem mäßig
großen Bauerngrundstück zusammengeschrumpft war und statt eines
Schlosses mit einer Auffahrt nur ein einfacher, aber wohnlicher Ziegel-
bau mit einem Holzbeischlag inmitten der verschattenden Weidenmauer
stand, so war es doch der eigene Grund und Boden, den der frischge-
backene Besitzer und Ehemann mit seinen schweren Stiefeln trat, indes
seine älteren Brüder sich mühselig in der Welt herumschlugen oder
der heimatlichen Erdscholle den kargen Verdienst abrangen.

Ja, soweit hatte es seine Richtigkeit. Aber dafür fehlte es im Übrigen.
Ein Punkt war da vor allem. Der hatte in seinen Plänen eigentlich nur
eine nebensächliche Rolle gespielt, und wenn der junge, groß und breit
aufgestämmte Mensch einmal daran gedacht, so hatte er seine rötlichen
Schnurrbartstoppeln rechts und links gezupft und vergnügt mit den
kleinen Augen gezwinkert. Die würde nicht ausbleiben. Damit hatte
er das Mädchen oder die Frau gemeint, die ihm mit ihrer Hand zu
dem ersehnten Gute verhelfen sollte. Denn ohne solch ein weibliches
Anhängsel ging es nun einmal nicht ab. Wer den goldenen Wagen
und das silberne Geschirr wollte, musste auch das Pferd mit in Kauf
nehmen, das darin eingespannt war. Kutschieren wollte er dann schon
selber und nach Herzenslust.

Wie aber das Rösslein aussehen würde, das ihm all die schönen Sa-
chen, wonach sein Herz trachtete, eines Morgens vor die Tür bringen
sollte, darüber hatte er sich nie besonders den harten Schädel zerbrochen, konnte es sich aber nicht anders vorstellen, als jung und schmuck.
Liefen doch genug solche verliebten Erbtöchterchen herum, die mit
sehnlichen Augen nach einem stattlichen Mann und tüchtigen Landwirt
ausspähten. So eine bekam er gewiss auch, brauchte sich also über
diesen Punkt keine Extrasorgen zu machen.

Als daher Frau Gerlach ihn auf ihren Hof mietete, kam ihm mit
keiner Silbe ein, es möchte etwa schon hier und so bald seinen
Schritten ein Ziel gesetzt sein, sondern nahm die Stelle als ein passendes

Sprungbrett für einen tüchtigen Satz mitten in die Welt hinein. Aber sein Schicksal hatte es anders gewollt. Eine Faust hatte sich aus dem Dunkel nach ihm ausgestreckt und ihn in den fremden Grund eingerammt, und eine Stimme hatte über seinem Kopfe geschrien: Nicht von der Stelle! Was du gewollt hast, soll dir werden und noch etwas darüber, was du nicht wolltest und dir nicht träumtest. Angewurzelt sollst du stehen in dieser Erde, und einst soll sie dich decken, wenn du sie genug durchwühlt hast. Keinen Schritt weiter!

Er aber hatte die Stimme zu seinen Häupten nicht gehört, denn er war dumpfen Sinnes und wie betäubt, und als er aufwachte, hing eine Frau an seinem Arm, die konnte reichlich seine Großmutter sein.

Das hatte sich aber folgendermaßen zugetragen.

An einem schönen Juniabend, da rings auf Wiese und Sumpf die Chöre der Frösche ihre unverstandenen Weisen der lauen, stillen Einsamkeit vertrauten, saß Frau Gerlach auf der Gartenbank zur Seite ihres Hauses und horchte dem Schlüsselklirren, das noch manchmal von Hof und Stall herüberklang und ihr verkündigte, dass ihr Inspektor auf dem letzten Rundgang durch die Wirtschaft begriffen sei. Es war bis spät gearbeitet worden, denn die Heuernte drängte und die schönen Tage waren kostbar. Nun lag alles tief im Schlaf, und der blasse Dämmerschein, der um diese Jahreszeit nie vom nächtlichen Horizonte wich, hatte sich vom Nordwesten, wo um neun die Sonne untergegangen war, schon weit nach Norden herumgezogen. Es musste gegen Mitternacht sein.

Ein süßer Friede erfüllte die einsame alte Frau, wie sie so mit gefalteten Händen dasaß und zurückgelehnt vor sich hinsann. Glich nicht ihr eigenes Alter, das Gott der Herr in seiner Gnade ihr beschieden, dieser traumhaft stillen Abendstunde? Die Sonne mit ihrem warmen Glanz war längst hinunter, doch die Luft ging mild und ein letzter Schimmer wie vom Tag stand tief am Horizont. Hoch zu Häupten aber zogen die Sterne ihre ewige Bahn durch die dunkelblaue Nacht, aus dem Garten dufteten die Nelken genauso schmelzend süß, wie sie es vor fünfzig Jahren getan hatten, und freundlich grüßte sie der Schlüsselklang vom Hof, als wollte er sie trösten: Sei ruhig, meine Seele! Du bist nicht allein! Du stehst in guter Hut.

Vor ihren wachen Geist trat das Bild des jungen Inspektors, der in nimmermüdem Eifer noch Scheune und Stall mit der Laterne abschritt, und ein nie gekanntes Gefühl von Sicherheit und felsenfestem Vertrauen überkam die alte Frau, als streichle ihr ein lieber Sohn mit der Hand über das noch immer volle Haar. Wie er sich sorgte und abarbeitete in ihrem Dienst und ihr jeden ihrer Winke von den Augen ablas! Ihr eigenes Kind hätte es nicht besser gekonnt! Aber dieser Segen war ihr vom Himmel versagt geblieben. Nun musste sie mit fremden Menschen hausen, und wenn der junge Mann im Wankelmut der Jugend sich eines Tages zum Gehen wandte, so konnte sie ihn nicht halten, musste sich an ein neues unbekanntes Gesicht gewöhnen und so fort im Wechsel an immer andere, bis sie schließlich auf der Bahre liegen und das alte Grundstück an die Verwandtschaft fallen würde, die sie kaum gekannt und nie hatte leiden mögen.

»O Gott, warum hast du mir das bestimmt?!«, schrie es in ihrem Innern zum Himmel auf.

»Ich bring' Ihnen die Schlüssel, Frau Gerlach! 's is alles in Ordnung.«

Es war die Stimme des Inspektors, die sie aus ihrem Sinnen schreckte. Da stand er vor ihr, der breite, massive Mensch, mit seiner mächtigen Figur, die dunkel umrissen, fast unheimlich, in die Nacht ragte. Einen Augenblick durchfuhr es die alte Frau, als sei plötzlich dicht neben ihr ein düsteres Verhängnis aus der Erde gestiegen und breite seinen Schatten über ihr Leben. Aber beim wohlvertrauten Klang der Worte fasste sie sich sogleich. Das war der Ton von Ehrerbietung und Ergebenheit, den der staatliche Mann vom ersten Augenblicke seines Hierseins gegen sie angeschlagen und der ihrer stolzen Seele so wohl tat. Mit all seiner Körperkraft beugte sich dieser Riese vor ihr, der alten, wenn auch noch lange nicht greisen und abgewirtschafteten Frau, und erkannte willig die Überlegenheit ihres jugendstarken Geistes. Glich er nicht einem großen, plumpen, bis auf den Tod getreuen Bernhardiner in seiner unbeholfenen Haltung und dem einfältig gutmütigen Ausdruck der Augen? Mit einem Gefühl von Rührung sah sie ihn da vor sich stehen, der den ganzen ausgeschlagenen Tag in Hof und Feld herumgetrabt war und nun die Aufträge für den folgenden Morgen in Empfang zu nehmen kam.

»Wollen Sie sich nicht hinsetzen, Meseck?«, fragte sie mit einem ungewohnten Klang von Güte und lud ihn mit einer Handbewegung neben sich auf die Bank.

»Dank' schön, Frau Gerlach, ich steh' schon.«

»Aber nein, Sie müssen ja müde sein. Sie haben sich ja ehrlich abgeplagt heut! Ist denn das Heu bald drin?«

»Noch vier Fuder morgen. Bis Frühstück is alles über Seit'.«

»Nu setzen Sie sich aber doch!«

»Schön Dank, Frau Gerlach. Ich kann ganz gut stehen.«

»Aber weshalb denn bloß nicht?«

»Weil sich's nicht schicken tut. Weil Sie die Frau sind und ich man Inspektor.«

»Wenn Sie nu aber mal Herr werden, was machen Sie dann? Stehen Sie dann auch noch? Oder *möchten* Sie nicht Herr werden?«

Meseck starrte verständnislos auf die imponierende alte Frau. Er glaubte zu bemerken, dass sie leise lächle, aber er konnte in dem Halbdunkel der Nacht aus ihrem Gesicht nicht klug werden. Er war immer nur mit Ehrfurcht um sie herumgegangen, hatte nie einen Ton über das dienstliche Maß mit ihr zu sprechen gewagt. Nun wusste er nicht, wie er sich drehen und wenden sollte, da die ungewohnten Worte ihn trafen. Darum hielt er sich am liebsten still und schwieg.

»Na, Sie antworten ja gar nicht? Möchten Sie wohl mal Herr hier auf dem Hof werden? Oder haben Sie keine Lust?«

»Lust schon ...«, lachte er blöde und hatte nun vollends den Faden verloren.

»Aber?«

»I, Sie machen ja man Spaß«, stieß er verlegen heraus und kratzte sich hinter den Ohren.

»Ich mach gar nicht Spaß! 's ist mir ganz ernst damit! Ich hab schon lang gedacht, ich will mich noch mal verheiraten, wenn ich nur einen Mann finde, der's gut und ehrlich mit mir meint und mit der Wirtschaft auch, 's *geht* ja nicht so. Ein Herr muss sein. Ich kann mich auch nicht um alles bekümmern. Und vor 'm Inspektor, wenn er noch so tüchtig ist, hat nu mal keiner den richtigen Respekt. Sehen Sie, Otto, Sie sind noch jung und ich bin beinahe schon 'ne alte Frau, aber wenn der liebe Gott mir die Gesundheit schenkt, und das hat er ja bis jetzt unberufen getan, ich will mich nicht besser machen, als ich bin, aber ich nehm's noch mit mancher Jungen auf. Nächste Woche ist es ein Jahr, dass Sie auf dem Hof sind. Ich hab Sie die ganze Zeit im Aug' gehabt und ich kann sagen, Sie haben sich um die Wirtschaft angenommen, besser, als 's der eigne Herr gekonnt hätte. Ja, ja, Sie brauchen gar nicht mit dem Kopf zu schütteln. Ich kenne Sie besser, als Sie sich vielleicht selbst kennen, und da sag' ich mir, warum soll sich nicht auch mal alt und jung zusammenfinden, wenn jedes den guten Willen hat, es dem andern recht zu machen, und der liebe Gott gibt seinen Segen dazu. Und für Sie, Otto, ist es auch nicht das Schlechteste. Sie heiraten in ein schönes Grundstück 'rein, ohne Schulden und gut instande, mit 'm Boden, wie Sie ihn bei sich auf der Höhe nicht mal im Traum zu sehen bekommen. Das ist doch für Sie die Hauptsache. Hab ich recht? Was wollen Sie mehr? Also überlegen Sie sich's! Sie sagen ja gar nichts?«

Meseck sagte in der Tat nichts. Der Erdgrund tanzte unter seinen Füßen. Rings um ihn aber erstrahlte die Sommernacht in bengalischem Licht, wie es der Kriegerverein in der Kreisstadt zur Sedanfeier abzubrennen liebte, und darin sah er die fetten Wiesen und schwergründigen Äcker des Gerlach'schen Grundstückes, die mächtigen Scheunen und ziegelgepflasterten Ställe, strotzendes Vieh und funkelnagelneues Inventar, an dem spitzen Giebel des Wohnhauses aber ein leuchtendes Transparent mit der Inschrift: »Meseckscher Hof«.

So war es denn geschehen. Er hatte mit einem blöden Ja in die Hand der Frau eingeschlagen, ohne eigentlich zu wissen, wie und warum. Aber geschehen war es und nie wieder zu ändern, es sei denn, dass seine Eheliebste über ein Kurzes, wie kaum anders zu erwarten, zu ihrem ersten Seligen heimging und ihm, dem zweiten, das schöne Grundstück hinterließ. Dann, aber auch erst dann, keinen Augenblick früher, durfte er als unbeschränkter Herr auf diesem Grund und Boden schalten und nebenbei, wenn es nicht gar zu lange dauerte, noch an eine zweite jüngere Freischaft denken, bei der er nachgeholt hätte, was ihm das erste Mal entgangen war.

Bis dahin konnte es nicht ewig dauern. Sie hatte es zum Längsten getrieben. Die Jahre, die ihr noch übrig blieben, waren gezählt. Und dann … Seltsamer Widerspruch! Seinem kurzen Verstande imponierte diese merkwürdige alte Frau, die Kopf und Rücken noch aufrecht trug, so viel der Jahre sich schon darauf gepackt hatten, und mit ihren scharfen Augen noch in die Sonne sah, ohne zu blinzeln. Das brachte kaum er selbst zustande, obwohl er anstelle der Augen zwei schlitzartige Öffnungen im Gesichte hatte, die nur wenig Licht einließen und ihm das Sehen in die Sonne erleichterten. Sie aber, die Siebzigjährige, hatte große, manchmal noch brennende Augen von unbestimmter dunkler Farbe, die bis auf den Grund der Seele zu dringen schienen. Jedenfalls fürchtete er sich vor ihnen und hätte sich nicht getraut, ihnen etwas geheim zu halten. Denn sie brauchte ihn nur damit anzusehen, so erriet sie, was er dachte, und konnte ihm sagen, was er selbst noch kaum wusste.

So war es gewesen, als er eben erst hergekommen, und so blieb es auch, nachdem er längst verheiratet war. Er war der Abhängige, der Angestellte, der Mittler zwischen Herr und Knecht, der die Befehle von oben empfing und sie nach unten weitergab, um über ihre Ausführung wieder nach oben Rechenschaft abzulegen. Ein Verwalter fremden Gutes, weiter nichts. Ein Inspektor nach wie vor, nur mit dem Unterschiede, dass er früher als freier Herr sein Bündel hatte schnüren dürfen, wenn es ihm nicht mehr passte, und anderswo sein Glück versuchen. Jetzt aber hieß es hübsch dableiben, abwarten und standhalten, sonst ging die ganze schöne Rechnung in die Brüche, und es wäre besser gewesen, sich gar nicht erst auf die Lauer zu geben, als jetzt, wo das Ziel vielleicht schon in Schussweite lag, die Flinte voreilig ins Korn zu werfen. Einmal musste es ja ein Ende nehmen, und selbst, wenn es noch einige Jahre dauerte, so war er ja noch jung und konnte sich entschädigen.

Aber manchmal kochte eine dumpfe Wut in ihm auf, die ihm bis zum Halse stieg und ihm die Sinne betäubte. Dann wurde es ihm grün und blau vor den Augen, und die große schwere Gestalt kam ins Taumeln. In solchen Zuständen war er fähig, einen Menschen mit einem einzigen Fausthieb niederzuschlagen oder gegen sich selbst zu wüten, wenn niemand da war, an dem er sich austoben konnte.

Von Jugend auf hatte dieser blinde Jähzorn in ihm geschlummert und war in gelegentlichen Ausbrüchen erwacht, wie eine wilde Bestie, die man an der Nase kitzelt. In seinem Heimatdorfe war er dafür bekannt und gefürchtet und auch in seiner neuen Stellung hatte er sich bald in den nötigen Respekt gesetzt, als er einmal einem aufsässigen Knecht, der ihm ins Gesicht lachte, mit einer Wagenrunge über den Kopf gehauen hatte, dass der Mensch lautlos umfiel und vom Platz getragen werden musste. Seitdem hütete man sich auf dem Ausbau, ihn zu reizen und führte seine Befehle anstandslos aus. Vor den Arbeitsleuten hatte er seinen Befähigungsnachweis als Herr erbracht.

Freilich konnte er damit nicht verhindern, dass insgeheim manche Spottrede über ihn und seine Heirat ging, und dass Knechte und Nachbarn jede Gelegenheit benützten, dem jungen Ehemanne, der sich mit der alten Frau ein so hübsches Grundstück erheiratet hatte, hinterrücks eins anzuhängen.

Mochte es nun das dunkle Bewusstsein seiner Lächerlichkeit sein oder die Unzufriedenheit des Wartens, mochte es die Ahnung einer verfehlten Lebensspekulation oder dies alles in allem sein ... Öfter als früher und immer öfter wiederholten sich bei Meseck diese blinden Wutanfälle, die ihm die Sinne benebelten und ihm die Nase wie mit Blutdunst beizten.

Wenn er so aus nichtigen Anlässen Tische und Stühle um sich herum kurz und klein schlug und mit dem Kopf gegen die Wand stieß, dann durfte nur ein Mensch es wagen, ihm zu nahe zu kommen. Das war seine Frau. Sie besaß eine vollkommene Gewalt über ihn. Ein Blick aus ihren Augen genügte, um ihn mit einem Schlage zur Besinnung zu bringen. Dann ließ er die Arme sinken, strich sich wohl auch mit der Hand das wirre Haar aus der niedrigen Stirn und sah um sich, als erwache er aus einem wilden Traum. Und er war wieder der Fügsame und Unterwürfige, wie damals, als er zum ersten Mal in den Bann diese Hofes getreten war.

Eine fast abergläubische Scheu, die mit den Jahren noch zunahm, hielt ihn in ihrer Gegenwart fest und verließ ihn nur während der Stunden, wo er draußen auf dem Felde bei den Arbeitern stand und der frische Wind ihm um die Backen blies. Da fühlte er sich leichter und freier und schöpfte neuen Mut für kommende Tage. Aber er knirschte auch manchmal mit den Zähnen und begriff nicht, wie er diese Fuchtel so lange ertragen hatte und noch weiter ertragen sollte. Dann war es ihm, als müsse er Reißaus nehmen und laufen, soweit ihn seine Beine tragen wollten, weiter und weiter über die unendliche Ebene, bis dort, wo Himmel und Erde in eins zusammenflossen und alles in grauem Dunst verschwamm. Dort ging erst die wirkliche Welt an, nach der er sich immer gesehnt hatte und in die er nie hinausgekommen war.

Aber wenn er so sann und sann, dann rief ihn das Wort irgendeines Knechtes, der eine Anweisung verlangte, wieder auf die Scholle zurück, und in harter Arbeit verging der Drang, um bald von frischem zu erwachen. Doch immer hemmte ihn eine unsichtbare Macht und führte ihn beim Abendgrauen dumpf und abgeschlagen heim zu Lampenschein und wohlgedecktem Tisch.

Wenn er nur vermocht hätte, den unerklärlichen Bann abzuschütteln, der immer wieder seine Glieder lähmte, sobald er aus der sonnenhellen Freudigkeit von Feld und Hof in das schweigsame Halbdunkel des Hausflurs tauchte und aus irgendeinem Winkel, von einer Treppe herunter oder aus dem Keller herauf, die Gestalt seiner Frau auf ihn zutrat.

Seiner Frau? Er brachte das Wort kaum über die Lippen. Sie stammte aus einer fernen, fremden Zeit, von der er schon in seiner Jugend als von einer lang entschwundenen Vergangenheit hatte erzählen hören. Seine Großeltern, die er nur noch als alte verwitterte Leute gekannt hatte, mochten etwa dem gleichen Geschlechte angehören. Sie deckte nun schon lange der Rasen. Diese Frau aber, die mit ihnen in die Schule gegangen sein konnte, wanderte noch rüstig und rastlos an ihrem dürren festen Krückstock durch Küche, Keller, Speicher und Kammern des weitläufigen Wohnhauses, treppauf treppab, treppab treppauf, wie von einem bösen Geist gehetzt, der sie des Nachts um zwei Uhr nach kurzer Ruh' aus dem Bette trieb und sie den ganzen lieben langen Tag bis spät gegen Mitternacht zum Schrecken der Mägde auf den Beinen erhielt.

Und diese unstete Alte, die es jedem Kerl gleichtat im Kommandieren, Revidieren und Kontrollieren, die das ganze Wirtschaftsgetriebe drinnen und draußen übersah und ihn selbst wie den ersten besten dummen Jungen mit ihrer knochigen Hand am Schnürchen hielt, sie war seine angetraute Frau: Das war das Unbegreifliche für Meseck und wurde ihm unfassbarer mit jedem Tage, den sie weiter über die Grenzsteine des Menschlichen hinausschritt.

Wenn sie so des Nachts vom Lager stieg und im grellgeblümten türkischen Schlafrock die Stuben und Gänge absuchte, so war es, als spaziere eine lange Vergangenheit hinter ihr her und um sie herum, eine Wolke des Gewesenen und Verstorbenen, ein Regiment von gespenstischen Schatten, unter denen Meseck wohl auch den abgeschiedenen Geist seines Vorgängers hier am Ruder zu erkennen glaubte. Dann gruselte es ihm, wie es den Mägden gruselte, an deren Schlafkammer sie zum Aufstehen klopfte, dass es hohl durch das träumende

Haus dröhnte, und der Gedanke durchschlich ihn, wie er selbst vielleicht einmal in diesem Reigen der Gespenster mit um die ruhelose Alte herumtanzen und die persönliche Bekanntschaft seines Vorgängers machen werde, um gemeinsam mit ihm dem dritten Manne der Hundertjährigen zu erscheinen und mit ihnen beiden später wieder dem vierten und so fort in endloser Reihe. Denn die Männer dieser Frau schienen wie die Blätter an einer uralten Esche, die mit der Frühjahrssonne aufkeimen, mit dem Herbststurm welk zur Erde sinken und einander in unabsehbarer Folge ablösen. Sie aber steht da, eisgrau und vermorscht, die zerrunzelten Arme zum Sturmhimmel aufgereckt, wie in furchtbarem Entsetzen, dass sie selbst nicht sterben kann.

Ja, hier lag das Unheimliche für Meseck und der eigentliche Grund, warum die Scheu, die ihm beim ersten Anblick der Siebzigjährigen über den Rücken gekrochen war, mit der Zeit nur wuchs, statt sich zu legen. Die Frau schien nicht älter zu werden. Bis zu einem gewissen Punkte war sie gegangen: Das Gesicht ein wenig zusammengeschrumpft, die Gestalt etwas gebückter, ein paar silberne Fäden mehr im straffen Haar, aber nicht allzu viel, und noch sämtliche Zähne. Und so blieb sie. Jahrelang war keine Veränderung an ihr zu bemerken. Die Zeit schien spurlos über sie hinzugleiten. Wenn sie nicht in Haus und Hof herumirrte, so fand man sie im Garten, wie sie mit dem Spaten Gemüsebeete umgrub, oder sie saß in einer Fensterecke und hatte einen gelbfleckigen Schweinslederband vor sich, den sie, Seite für Seite umblätternd, langsam durchlas. Meistens waren es populäre philosophische oder naturwissenschaftliche Schriften über die Unsterblichkeit der Seele oder den Bau des Weltalls, alle noch aus dem Anfange des Jahrhunderts und von vergessenen Autoren, Bestandteile einer bescheidenen Familienbibliothek, die sich von Geschlecht zu Geschlecht auf diesem Hofe vererbt hatte, in großen steifen Lettern gesetzt und auf stockigem Papier gedruckt.

Von Kind an hatte die Alte diese Vorliebe für Bücher gehabt und mochte sie auch jetzt nicht missen. Da sie fernsichtig war, so bediente sie sich zum Lesen einer Hornbrille. So hockte sie oft stundenlang und folgte Zeile um Zeile mit dem Zeigefinger oder der Stricknadel, als wolle sie kein Wort des kostbaren Inhaltes verlieren. Dann erfüllte sich ihre Seele mit weiten fremden Fernsichten, und der suchende Geist durchirrte das Dunkel des Lebens, bis er in einem seligen Lande ausruhte, wo endlich Friede und Erleuchtung selbst in die unruhigsten Herzen einzogen. Wenn sie so in tiefes Sinnen und Nachdenken verloren dasaß, so glich sie auf ein Haar einem alten klugen Uhu, der mit seinen großen runden Augen die Nacht rings um sich her durchdringt und Geheimnisse enträtselt, die jedes anderen Blick verschlossen bleiben.

Doch sprach sie selten von dem, was sie zutiefst bewegte. Wem hätte sie sich auch mitteilen sollen? Ihre Umgebung war stumpf und dumpf. An diesen niedrigen Stirnen, die sie rings um sich sah, prallte jedes feinere Wörtlein machtlos ab. Ihr Mann war für sie weiter nichts als ein spätes Kind. Ihre erste Ehe war unfruchtbar geblieben, so heiß sie sich nach einem Kinde gesehnt hatte. Vielleicht war dieser unerfüllte Wunsch ihr zu Kopfe gestiegen, dass sie seltsam und wunderlich geworden war und irre Wege ging, die niemand um sie her begriff. Nun hatte sie in hohen Jahren einen jungen unreifen Menschen geheiratet, um einen Ersatz an Kindes Statt zu haben. Auf ihn sammelte sich ihre mütterliche Sorge. Ihrem ersten Manne war sie das Weib gewesen, wenn auch mit manchem ungestillten Begehren, sie, die Stattliche, Üppige, bei dem kränklichen, ewig um sich besorgten Männchen, an dem sie sich mehr in den Lehrer, als in den Mann verliebt hatte. Nun war das alles erloschen und tot, aber als habe ein geheimer Drang sie getrieben, den Irrtum ihrer Jugend gutzumachen und das Versäumte um jeden Preis nachzuholen, so war ihre Wahl diesmal auf einen Mann von rotbäckiger Gesundheit und einer durch keine Wissensqual geschwächten Lebenskraft gefallen.

Tragischer Irrtum abermals! Es war zu spät! Der zweite konnte der Siebzigjährigen nicht mehr bieten, was fünfzig Jahre früher der erste ihr hätte sein sollen und nicht gewesen war. Es war vorbei! Es war verpasst! Der junge Mann galt ihr höchstens als ein großes, dummes, törichtes Kind, das sie nicht einmal selbst im Schoße getragen hatte und von dem sie sich nur in guten Stunden vorstellen konnte, dass es ihr eigenes sei. Dann hegte und hätschelte sie ihn mit mütterlicher Zärtlichkeit und steckte ihm die besten Bissen in den Mund.

Aber es gab auch Zeiten, wo sie einen stummen Groll gegen ihn barg und jede seiner Bewegungen mit eifersüchtigem Argwohn überwachte. Denn sie merkte wohl, dass es im Grunde nur eine Art von tierischer Anhänglichkeit und Furcht zugleich war, die ihn regierte und jeden Augenblick in ihr Gegenteil umschlagen konnte. Dann aber war alles verloren, das wusste sie. Darum durfte er nie zum Bewusstsein seiner selbst erwachen. Gebannt musste er stehen bleiben auf dem Platz, dahin sie ihn gestellt hatte. Wie eine Tierbändigerin musste sie ihn unverwandt ins Auge fassen und ihn bald mit Güte, bald mit Strenge in seiner Pflicht erhalten. Nachdem er sich einmal an sie gewöhnt, durfte kein fremder Gedanke in ihm aufkommen, vor allen Dingen kein fremdes Weib.

So hütete sie seine Schritte eifersüchtiger als eine Mutter, und wenn sie nicht hinter ihm her sein konnte, durchbohrte sie ihn noch nachträglich mit ihrem Blick, um die Gründe seiner Seele zu erforschen.

Eines Tages, sie waren etwa zwölf Jahre verheiratet, hatte er seine Augen auf eine junge Magd geworfen, die erst kurz im Hause diente. Sie war groß und blond, von starkem Wuchs und üppigen Formen, die sie herausfordernd zur Schau trug, indem sie Kopf und Brust beim Gehen zurücklehnte und sich in den Hüften wiegte. Dann schien ihr Blick stolz an ihrer eigenen Fülle herunterzugleiten, als wolle sie sagen: »Zeigt mir mal eine, die's mit mir aufnimmt! Wer will mich oder wer will mich nicht? Greift nur zu! Vielleicht kriegt ihr mich!«

Und alle griffen zu, aber keiner war, der nicht derb auf die Finger geklopft erhielt. Denn die Eitle versprach mit Blick und Haltung mehr, als sie mit der Tat hielt. Ihr Gesicht war rund und weich, die Lippen zum Küssen aufgeworfen und zärtlich schmiegte sich das gescheitelte Haar um die schmale Stirn, aber in den stahlblauen Augen lauerte es kokett und kalt zugleich. Für eine Magd war sie auffallend und ungewöhnlich. Bei den Frauen war sie wenig gelitten, wechselte häufig die Stellungen und fand schließlich nur schwer ein Unterkommen. So verirrte sie sich eines Tages auch nach dem Ausbau. Dort brauchte man gerade eine Magd, die für die Leute zu kochen hatte und melken konnte, auch sonst im Hause Bescheid wusste, und da es schwer hielt, Gesinde hier heraus in die Einsamkeit zu finden, so entschloss sich Frau Meseck trotz aller geheimen Bedenken, die schöne Guste versuchsweise aufzunehmen, aber beim ersten Verdacht wieder davonzujagen.

Das Mädchen seinerseits, mit dem instinktiven Einverständnis, das so oft feindliche Frauen schweigend verbindet, wusste ganz genau, was ihr von ihrer Dienstherrin bevorstand und hatte sich ihren Plan danach eingerichtet. Sie war es satt, sich von Hof zu Hof herumstoßen zu lassen und wollte endlich in einem warmen Neste unterschlüpfen. Dafür schien ihr der Meseck'sche Hof gerade recht. Was wäre leichter, als zwischen der alten Frau und dem jungen Herrn diesen zu sich herüberzuziehen? Mit ihm zusammen getraute sie sich dann wohl, den Kampf gegen die Alte aufzunehmen und ihr das Leben so zu versauern, dass sie aus reinem Ärger in die Grube führe. Dann war der Platz frei und ein gutes Werk obendrein getan, indem der zählebigen alten Hexe, die nicht sterben konnte, zur wohlverdienten Ruhe, dem armen geplagten Manne aber zu einem hübschen jungen Weib verholfen war. Das war sie selbst und sah sich schon als wohlbestallte Nachfolgerin mit dem mächtigen Schlüsselbund an der Seite, wie sie in der reich gefüllten Speisekammer stand und Brot und Speck in schmalen Portionen an die Mägde austeilte. Denn haushalten wollte sie, dass es eine Art war, und wie *sie* einst Hunger gelitten hatte, so wollte sie es dann den anderen heimzahlen.

Bis dahin war der Weg freilich noch weit, und sie selbst nichts anderes als eine arme Magd, die sich so manches Mal mit knurrendem Magen in ihr grobkörniges Bett legte und dabei mit den Zähnen knirschte, dass sie es so gar keinen Schritt näher zu ihrem Ziele bringen konnte, da sie doch schon mehrere Monate auf dem Hofe diente und tagtäglich soundso oft dem Herrn unter die Augen kam. Er aber schien gar nicht acht auf sie zu geben oder tat wenigstens so, denn so viel glaubte sie doch zu bemerken, dass er manchmal von der Seite her zwischen seinen schmalen Augenlidern gar merkwürdig auf ihre vollen nackten Arme hinzwinkerte, wenn sie in rundem Schwung den mit Überresten und Abfällen gefüllten Trankeimer in den Schweinetrog ausleerte oder mit dem struppigen Weidenbesen über die braunroten Ziegelfliesen der Küche hinschruppte. Dabei geschah es manchmal, dass er wie zufällig ihren Arm oder ihre Schulter streifte, sich aber gleich abwandte und über die Achsel weg irgendeinen mürrischen Befehl erteilte. Denn gewöhnlich tauchte in diesem Augenblick aus einem der dunklen Winkel des Hauses Frau Meseck vor den beiden auf und schnitt dazwischentretend mit einem kurzen scharfen Blick jede Weiterung ab.

So ging es monatelang, und jede Möglichkeit einer Annäherung schien bei der Wachsamkeit der Alten ausgeschlossen. Kaum jemals verließ sie den Hof, um einen Besuch im Dorf zu machen, und nach der benachbarten Kreisstadt war sie schon seit Jahren nicht gekommen. Wie ein Soldat im Kriege hielt sie auf ihrem Posten aus und wich nicht von der Stelle, tat sich freilich auch leichter dabei als andere, denn sie litt an Schlaflosigkeit und fand es als eine Art von Zeitvertreib, solcherweise mit dem Feuer zu spielen. Ja, wo andere zusammengebrochen wären, da schien das ewige Herumwandern und Auf-der-Lauer-liegen ihren Geist zu schärfen und ihre Kräfte neu zu beleben.

Eines Tages aber kam es doch über sie. Ganz plötzlich, wie die Leute meinten. Doch sie selbst wusste es besser. Schon in der Nacht, die dem Tage vorausging, hatte sie gefühlt, wie etwas Unsichtbares und Unbekanntes sachte, sachte an ihr Bett schlich, während sie dalag und vor dem wachen Geiste die Blätter ihres Lebens eines nach dem andern umschlug. Gleichmäßige Schriftzüge bedeckten diese Blätter, von der ersten kaum noch leserlichen Seite des dickleibigen, wurmstichigen Folianten an bis auf den heutigen Tag, der vielleicht den Schlussstrich setzen würde unter dieses ganze weitläufige und doch so abwechslungslose Lebenswerk. Wer wusste es? Sie fühlte sich müde und überflüssig wie nie. Blatt um Blatt zurück, in endloser Reihe immer dieselben leeren Worte, immer der gleiche eintönige Inhalt: Leben müssen, immer wieder leben müssen für nichts und wieder nichts, nur weil man einmal da war und nicht fort durfte, ehe man gerufen wurde. Von wem gerufen wurde? Wohin gerufen wurde?

Doch nein, da wurde es licht in all dem Dunkel um sie herum. Ein einziger Stern leuchtete mild und sanft durch die Nacht, wer weiß wie fern, aber sie erkannte doch, dass sie ihm immer näher und näher gekommen war auf der Bahn ihres Lebens und dass sie eines Tages dicht vor ihm halten würde, wo er dann wie eine Sonne strahlen und nie wieder erlöschen werde. Das war die Zuversicht auf eine bessere Welt und auf ein schöneres Leben, wo all die Blumen blühen würden, nach denen sie sich hier vergebens gesehnt hatte. Denn kalt und frostig war es von Kindheit her um sie gewesen. Die Eltern bei hohen Jahren, da sie als verspätete und unerbetene Gabe des Himmels erschienen war, mehr in Pflicht als in Liebe gehegt, ein ewiger Stachel für die erwachsenen Geschwister, denen sie das Erbe verkürzte, dann, da diese kurz nacheinander an schnellem Siechtum weggestorben waren, plötzlich einzige Erbin von Haus und Hof und daher wie zum Ersatz für verlorene Kindheit von den greisen Eltern mit später Zärtlichkeit überhäuft, fast erdrückt, bald danach verwaist und früh verheiratet.

O diese unabsehbar lange Reise ihrer ersten Ehe! Wie viel Freuden hatte sie nicht erwartet mit jenem Manne an der Seite, den sie in kindischer Schwärmerei genommen hatte, damit er ihrem ungeschulten Geiste Aufschluss gebe über all die dunkel geahnten Wunder dieser Welt, und wie dürr und ausgebrannt lag nun der Weg, den sie mit ihm gegangen war, bis weit, weit zurück, wo er sich in der Dämmerung verlor. Wie war die Hoffnung eitel gewesen! Und eitel alles, was sie sich vom Leben geträumt hatte! Aber sie hatte nicht nachgegeben in ihrem wilden Durst nach Glück und hatte abermals den Mund zum Trinken angesetzt.

Und nun … Fühlte sie nicht, wie da etwas herankroch aus der Dunkelheit und sich auf ihrer Bettkante niederkauerte? War das der Tod, der neben ihr saß und ihr die Hand auf die Brust legte, dass ihr der Atem stockte? Entsetzt richtete sie sich in die Höhe und strich sich keuchend den Schweiß von der kalten Stirn.

Ringsum lag das Haus in tiefstem Schlaf. Nur die Uhr nebenan wiederholte ihr unbarmherziges Ticktack, mit jedem Tick und jedem Tack einen Augenblick näher dem Ende. Wie unzählige solche Tick und Tack hatte es gekostet, ehe es zu diesem Momente gekommen war, aber nun war der Vorrat erschöpft, der einst der Jugendlichen unversieglich erschienen war, und die letzten Tick und Tack hackten an die altersschwachen Wände des ablaufenden Mechanismus. In dem Bette aber an der anderen Wand, da schlief der Dreißigjährige den traumlosen Schlaf der Jugend, und wenn er gegen alles Erwarten doch von etwas träumte, so war es vielleicht, dass er jetzt bald von der alten Hexe erlöst wäre.

Dann würde er seine große plumpe Faust an ihr Vaterhaus und all ihr Eigen legen, was sie bis zu diesem Tage so vorsichtig gehütet und so zäh festgehalten hatte. Und eine Junge würde er sich nehmen, deren Erstes es wäre, das Unterste zu oberst zu kehren, und die beiden würden der Alten ins Grab nachlachen, die so dumm gewesen war, einen Mann zu heiraten, dessen Großmutter sie hätte abgeben können!

Und das alles konnte schon morgen oder übermorgen geschehen. Ihr Grab aber würde verfallen und das Unkraut darüber wuchern. Denn die Neue würde gewiss alles daransetzen, damit der Alten Gedächtnis sich spurlos verwachse und überschatte. Und wenn es nun gar die Guste wäre, die hier nach ihr einzöge und in ihren Betten schliefe!

Bei diesem Gedanken überlief es die Aufrechtsitzende heiß und kalt. Warum hatte sie das freche, kokette Weibstück auf den Hof genommen! Nun war das Malheur geschehen oder konnte doch jeden Augenblick geschehen. Etwas Verdächtiges hatte sie zwar noch nicht ausgespürt, aber wer kennt die Schleichwege von Jugend und Lüsternheit, und jedenfalls hatte es das durchtriebene Frauenzimmer auf den blühenden, stattlichen Mann abgesehen.

Und er? Er würde nehmen, was sich ihm böte. Er würde trinken, ohne viel nach dem Becher zu fragen. Was konnte sie, die Alte ihm denn geben! Wusste er etwas von all der mütterlichen Zärtlichkeit, die sie auf ihn verschwendete? Er nahm es wie etwas Selbstverständliches und ging seiner Wege. Und er fürchtete sich vor ihrem Blick. Warum? Weil er auf ihren Tod spekulierte und sich durchschaut sah, wenn er ihrem Auge standhalten sollte. Da lag es! Das war das Geheimnis, das er mit sich herumtrug und vor ihr zu verstecken suchte. Aber sie war klüger als er und holte es aus ihm heraus. Auf der Stelle wollte sie ihn aus dem Schlafe aufschreien und ihn befragen.

Bei diesem Gedanken ballten sich ihre alten verschrumpften Hände. Sie lauschte einen Augenblick zu dem Schlafenden hinüber, aber was war das? Kein Atemzug drang durch die Dunkelheit zu ihr. Nichts schien sich zu rühren und zu regen. Lautlose Stille ringsumher. Oder täuschte sie sich? War es Wachen? War es Traum? War es der nahende Tod, der mit seinem eiskalten Atem über ihr Gesicht hauchte, dass ihr die Sinne vergingen? Sie wollte rufen, aber kein Ton kam aus ihrer Brust. Wie im Starrkrampf saß sie da und horchte mit vorgestrecktem Halse.

Und wenn ihr Mann nun wirklich aufgestanden war und sich davongestohlen hatte? Wenn er die Minuten ihres Schlafes benützt hatte, um zu der Magd in die Kammer zu schleichen, sie selbst aber lag hier, ohnmächtig ihm nachzusetzen, auf ihrem Sterbelager und rang mutterseelenallein und verlassen den stummen furchtbaren Kampf mit dem Tod. Morgen früh aber fand man sie kalt und weiß auf dem Bette. Dann konnten die beiden, die sich jetzt zusammen ergötzten, sie beerben und sich ins Fäustchen lachen. Fluch ihnen!

Die Sinne schwanden der Alten. Kraftlos sank sie in die Kissen zurück.

Am nächsten Morgen, da sie nach langem, traumlosem Schlaf die Augen aufschlug, fühlte sie sich leichter. Aber wie sie sich anziehen wollte, merkte sie, dass die Beine den Dienst versagten. Sie musste sich in den Lehnstuhl setzen, sonst wäre sie umgefallen. Das war die Schwäche wie heute Nacht.

Ihr Mann kam und sprach mit ihr. Sie antwortete wenig und forschte in seinem Gesicht, aber sie konnte nicht entdecken, ob sie geträumt hatte oder nicht. Er fragte, ob der Arzt geholt werden solle. Sie dankte und wehrte ab. Es bedeute nichts. Von dem Anfall, der sie in der Nacht niedergeworfen, sprach sie nichts.

Ihr Mann ging hinaus. Als sie allein war, kamen die Gedanken wieder, diese grauenhaften Gedanken, die sie noch verrückt machen würden. Im Hause wisperte und flüsterte man. Etwas Geheimnisvolles schlich umher und schlüpfte durch Türen und Wände. Wahrscheinlich machte man jetzt Rechnungen auf ihren Tod.

»Noch nicht!«, knirschte sie und biss die Zähne zusammen. Sie fragte nach Guste. Die Magd sollte im Garten sein und Kartoffeln auspuhlen.

Ob der Herr auf dem Felde sei?

Nein, auch im Garten.

Frau Meseck glaubte zu sehen, wie das Mädchen sich das Lachen verkniff. Das wollte sie ihren Mägden austreiben. Sie ließ sich ihren Krückstock reichen und richtete sich in die Höhe. Da war noch einmal die alte, zähe Lebenskraft. Keine Spur mehr von Schwäche in den Beinen! Nur Gewissheit haben! Dann sterben! Oder lieber nicht sterben! Leben bleiben und sie alle in die Grube fahren sehen!

Draußen im Garten stand Meseck und lehnte sich an einen Birnbaum. Vor ihm am Boden kniete Guste und sammelte die frisch gegrabenen Kartoffeln in ihre grobe Schürze. Neben ihr lag der Spaten auf den durchwühlten Erdschollen. Schweigend verrichtete sie ihre Arbeit und sah nicht einmal in die Höhe, merkte aber doch, wie die Augen des Herrn sie umspielten.

Er hatte sie vorher angefahren, weil sie immer zu viel Kartoffeln in der Erde sitzen ließ, die dann beim Umpflügen verfault heraufkamen. Er wollte ihr einmal zeigen, wie man so eine Arbeit zu machen hatte.

Nun stand er noch da und achtete darauf, dass auch keine von den rosa Knollen übrig blieb.

»Das wäre jetzt eine Gelegenheit«, dachte Guste bei sich, »die Alte lahm und krank und wer weiß, wie bald auf dem Brett! Höchste Zeit! Jetzt oder nie!«

»Was kuckt der Herr mich so an?«, fragte sie mit einem Male wie beiläufig von unten herauf, ohne dabei die Stellung zu verändern oder einen Augenblick im Kartoffellesen anzuhalten.

Meseck war starr! Teufelsmädchen das! Er wusste nicht, ob er der kecken Spitzbübin eins mit dem Stock über den feisten, runden Rücken ziehen oder was er sonst tun sollte.

Er blinzelte auf sie hinunter. Da kniete sie noch, hatte aber den Kopf ein wenig zu ihm aufgeworfen und hielt die Schürze mit den Kartoffeln zusammengenommen in den Händen. Sie war mit ihrer Arbeit fertig. Langsam hob sie sich von den Knien in die Höhe, bis sie sich in ihrer vollen strotzenden Gestalt aufgerichtet hatte und auf Leibesnähe vor ihm stand.

»Was kuckt der Herr mich so an?«, fragte sie wieder und sah ihm herausfordernd ins Gesicht. In ihren Augen flimmerte es von wilder Lust. Ihr heißer Atem mischte sich mit dem seinen.

»Kann ich nicht?«, schrie er plötzlich stammelnd heraus. »Dazu bist du ja da!«

Und damit riss er die Wehrlose zu sich und umklammerte mit schmiedeeisernen Armen ihre breiten Hüften. Mit einem halb unterdrückten Aufschrei sank sie an ihn heran und zwischen ihnen beiden rollten die rosigen Kartoffeln in schwerer Sturzflut auf den fetten Acker.

So standen sie ein paar Augenblicke und rangen miteinander und umschlangen sich in dem hellen Sonnenlicht des Vormittags. Der schwere, massive Mann überragte das großgewachsene Weib noch um die Länge eines Kopfes, wie er es jetzt vor sich herschob und auf eine nahe Gartenbank zu drängen suchte. Eine trunkene Rücksichtslosigkeit benahm ihm die Sinne. Er sah und hörte nichts mehr. Er vergaß, wer und wo er war. Er fühlte nur den elastischen Leib in seinen Armen.

Plötzlich hörte er einen jähen, durchdringenden Schrei dicht vor seinen Ohren. Gleichzeitig riss die Magd mit einem gewaltsamen Ruck sich los, schlug wie in wahnsinnigem Schreck die Schürze über den

Kopf und rannte, so schnell ihre Beine sie tragen wollten, quer über das Kartoffelfeld zur Gartentür hinaus.

Meseck fasste sich betäubt an die Stirn und rieb sich die blinden Augen. Da stand einen Schritt vor ihm, auf ihren Krückstock gestemmt, in grellem Sonnenschein die Alte, wortlos drohend, wie eine Erscheinung der Nacht, die aus dem dunklen Grabe noch einmal an das Licht hinaufgestiegen ist, um sich ihr Recht am Leben mit Gewalt zurückzufordern.

Meseck überlief es eisig, als habe ein Gespenst ihm, dem Lebendigen, die Hand auf den Arm gelegt und wolle ihn mit sich nehmen.

Aber nach dem ersten Grauen packte ihn mit einem Male ein wilder Drang, sich zur Wehr zu setzen, und eine irre Wut.

»Was, du willst krank sein und spionierst?«, brüllte er. »Scheusal du! Verstellt sich, dass sie besser spionieren kann! Scheusal!«

Mit erhobenen Fäusten wollte er auf sie los, aber wieder, wie so oft schon, prallte er vor diesen Augen zurück, die jetzt gegen die Sonne in einem durchsichtigen Grün wie Katzenaugen funkelten.

Da stand sie, die Alte, die ihn um sein Leben betrogen hatte, und er wagte es nicht, Hand an sie zu legen und sie zu erwürgen. Er musste die Arme schlaff am Körper heruntersinken lassen und festgewurzelt ihre Worte anhören.

»Ihr habt mich wohl schon aufgegeben?«, sagte sie. »Siehst du jetzt, wie du dich verspekuliert hast? Gründlich habt ihr euch beide verrechnet, du und das Frauenzimmer. Ich kann dir sagen, ich bin noch ganz lebendig. Ich halt' noch aus für zwei. Jetzt bin ich doch mal dahintergekommen. Gedacht hab ich's mir immer. Du lauerst auf meinen Tod! Das ist deine ganze Rechnung! Irr' dich nicht, lieber Otto! Ich fahre noch lang' nicht ab. Den Gefallen tu' ich dir nicht. Wir wollen mal abwarten, *wer* den andern *raus*tragen sieht. Vielleicht gehst du noch vor mir. Aber das prophezei' ich dir: Wenn ich eher sterbe als du, so *bald* noch nicht! Und wenn es mal kommt, du sollst nichts davon haben! Das versprech' ich dir. Ich will keine Ruh' im Grabe haben, eh' ich dich nicht nachgeholt hab. Und wenn ich Nacht für Nacht wiederkommen muss und im Leichentuch an deinem Bett stehen, du sollst dir keine andere mehr *nach* mir nehmen. Ich hol' dich nach! Jetzt weißt du, was dir bevorsteht. Freu' dich nicht auf meinen Tod! Mein Tod hilft dir nichts!«

Sie hatte das alles mit einer dumpfen, tonlosen Stimme gesprochen, und die Vögel in den Obstbäumen des Gartens zwitscherten gar lustig zu dem düsteren Fluch, durch den sich die greise Frau für Leben und Tod mit dem jugendkräftigen Manne zusammengekettet hatte.

Noch in der gleichen Stunde musste Guste, die Magd, ihr Bündel schnüren und von Neuem auf die Wanderschaft. Sie hatte Widerrede versucht und gedroht, wenn man sie fortjage, wolle sie allenthalben ihr Abenteuer ausposaunen.

Aber Meseck bestand auf seinem Befehl. Ihm graute vor dem Weib, wie vor allen anderen Weibern, am meisten aber vor ihr, mit der er nun ausharren musste bis ans Ende der Tage und darüber hinaus in alle Ewigkeit; das galt für ihn als unumstößliche Gewissheit, so sicher wie der Tod selbst. Die Prophezeiung saß fest in seiner Seele und wollte nicht mehr weichen.

Von dieser Zeit an begann er langsam zu altern. Unterwürfiger als je fügte er sich vor dem höheren Geiste seiner Frau. Nur manchmal verriet ein jäher Wutausbruch, wie es in seinem Innern aussah. Dann tobte er wie ein Tier, das vergebens an den Eisenstangen seines Käfigs rüttelt. Aber es gab kein Herauskommen. Er blieb angeschmiedet und musste sich fügen. So beruhigte er sich immer wieder.

Allmählich wuchs in ihm eine Art von Neugierde, wer von ihnen beiden es wohl länger treiben werde. Aber selbst für den Fall, dass er sie überleben sollte, hatte er keine Hoffnung, denn er wusste ja, dass sie ihm keine Ruhe gönnen und ihn bald nachholen werde. Der Gedanke beschäftigte ihn nur so zur Unterhaltung, wenn er auf dem Felde stand und seine Leute beaufsichtigte. Es kam ihm vor wie ein Wettfahren, nur mit dem Unterschiede, dass hier siegte, wer am langsamsten fuhr und es verstand, den anderen immer vorauszulassen. Und dieser Vorausgelassene, dessen Kräfte sich allzu schnell aufbrauchten, war er selbst. Er fühlte deutlich, wie seine Sehnen müder wurden und seine Schwungkraft nachließ.

Sie aber, die Uralte, schien sich seit jenem furchtbaren Vormittage noch einmal erneut und verjüngt zu haben. Es war eine Krisis aller ihrer Lebenskräfte gewesen. Nun, da sie in dem Kampfe gesiegt, wanderte sie rüstig den Neunzigen entgegen. Meseck staunte manchmal über ihre Frische und Regsamkeit, wenn er sie von der Seite ansah, denn ihr ins Auge wagte er kaum mehr zu blicken.

Ja, sie brachte es fertig, noch im höchsten Alter eine letzte Leidenschaft zu entwickeln. Nicht mehr für die Menschen oder für das Leben um sie herum. Das edles hatte seine Farben verloren, wenn sie sich auch aus Pflicht und alter Gewohnheit noch darum kümmerte. Aber ihr Herz wandte sich jetzt den Sternen zu und ihre Augen durchforschten in klaren Nächten die Wunder des gestirnten Himmels.

Von früh an hatten ihre Blicke an den verschlungenen Bahnen der Sterne und ihren ewigen Bildern gehangen, aber nun begann sie gründlicher sich in das wechselnde und doch immer gleichbewegte Antlitz der Nacht zu versenken und die Namen der einzelnen Sterne, soweit sie sie noch nicht kannte, aus ihren Büchern zu erlernen. Oft pflegte sie sich auszumalen, ob wohl da droben in jenen unbegrenzten Höhen ähnliche Geschöpfe wie sie selbst auf den schimmernden und flimmernden Pünktchen dahinzögen, und sie erhob sich in der Vorstellung, dass es höhere, gottgleiche Wesen seien, zu denen sie selbst sich einst hinzugesellen werde, wenn sie die Erdenschwere abgeschüttelt habe.

Während sie so sich immer weiter vom Irdischen entfernte, zog es ihren Mann tiefer und tiefer in seine Wirtschaft, in das Räderwerk der täglichen Arbeit und zu dem rohen, aber gesunden und ungebrochenen Getriebe der Knechte. Von früh bis spät hielt er sich auf den Beinen und klammerte sich an alle die Kleinigkeiten, deren Summe ja das Leben des Menschen im Allgemeinen und des Landwirtes im Besonderen ausmacht. Es war, als suche er eine Zuflucht vor sich selbst und seinen quälenden Gedanken. Jeder Pfosten im Stall, jeder Nagel, jeder Spaten, jede Pflugschar wurde ihm lieb und teuer, und mit dem einzelnen wuchsen ihm Haus und Hof und Feld von Tag zu Tag fester ans Herz. So wusste er es bald nicht anders, als dass er von jeher Herr in diesem Hof gewesen, und aus den schwarzen Erdschollen seines Ackers sprosste ihm ein bescheidenes Trostkräutlein.

Darüber wurde er allmählich älter, die Jahre zogen ihm dahin wie die Pfluggespanne seiner Pferde, die am grauen Morgen frisch und mutig zur Feldarbeit ausrückten und am Abend abgerackert und müde in den gewohnten Stall zurückkehrten, um bei Tagesanbruch von Neuem angeschirrt zu werden zum gleichen Gange. Tag für Tag, Jahr für Jahr.

Und heute war es zum fünfundzwanzigsten Male, dass sich der Hochzeitstag des Meseck'schen Paares im Auf und Ab der Zeit wiederholte.

Es war zwei Uhr nachmittags. Schwüle Stille lastete auf dem Dorfe. Am Himmel hatten sich schwere Wolken übereinandergetürmt. Kein Lüftchen rührte sich. Die Blätter an den Weiden- und Obstbäumen hingen schlaff herab. Ein schwefliger Dunst lag in der Luft und bedrückte den Atem.

Vor den niedrigen Türen der Häuschen und Katen lehnten wartende Weiber. Flachshaarige Kinder lungerten an den baufälligen Zäunen, aber sie spielten nicht wie sonst und erschütterten die Luft mit ihrem Gekreisch. Müde ließen sie die Köpfe hängen und blinzelten zu dem wettergelben Himmel. Manchmal krähte ein Hahn auf einem der Höfe, dann klang es tief und traurig durch die dicke Luft. Sonst schien alles zu schlafen, Hunde, Hühner, Pferde, Kühe, selbst die Fliegen, die zu Hunderten an dem schmutzigen Fachwerk der Katen klebten.

Auch die Unterhaltung der Frauen wollte nicht von der Stelle. Man lauerte auf das Eintreffen der Meseck'schen Hochzeitswagen, die ja von dieser, der Chaussee abgekehrten Seite her in das Dorf herein und auf alle Fälle an den Katen vorüber mussten. Um drei Uhr sollte die Trauung stattfinden. Es konnte also nicht mehr lange bis dahin dauern.

Wie wohl das Paar sich zusammen ausnehmen würde? Die Alte war seit Jahren nicht mehr im Dorfe gesehen worden. Nur dunkle Gerüchte flüsterten von ihrem seltsamen Leben und Treiben draußen auf dem Ausbau, wo sie wie ein Luchs in ihrer Höhle hausen und bei lebendigem Leibe umgehen sollte. Denn dass sie ein geheimnisvolles Wesen sei, anders als gewöhnliche Menschenkinder, das stand weit und breit in der Gegend fest.

Wie eine Sage klang die Erzählung von der Alten, die nicht sterben wollte, in die Ohren der aufhorchenden Enkel, und mit jedem Tage, den sie älter wurde, mehrte sich der Zauber, der sie umgab. Man jagte die Kinder mit ihr ins Bett und selbst Erwachsene überlief eine gelinde Gänsehaut bei dem Gedanken, man könne ihr einmal des Nachts draußen begegnen, wenn sie ihren Hof umkreise und dabei in den Sternen las, wie lange sie noch zu leben habe. Die wenigsten kannten sie von Aussehen. Nun sollte sie leibhaftig im Dorf erscheinen und sich im hellen Tageslicht den Menschen zeigen.

Der Himmel freilich zog ein gar eigenes Gesicht zu dem Schauspiel, das er da mit ansehen sollte. Der schweflige Schein, der die Ränder der dickgeballten Wolkenmassen säumte und das Himmelsgewölbe mit fahlem Lichte übergoss, stimmte so recht zu dem düsteren Bilde der fast Hundertjährigen. Unter Donner und Blitz würde sie ihre Hochzeit feiern, als zürne der Herr der Vermessenen, die seiner Macht zu trotzen schien, und rufe ihr aus den Gewitterwolken hernieder: Was willst du von mir? Ich habe nichts mit dir zu schaffen. Schon hörte man seine dumpfe Stimme von fernher rollen und grollen und in kurzen Absätzen wieder ersterben.

Jetzt klang schnelles Wagenrollen auf dem breiten Triftweg, der vom Hinterlande her in das Dorf hineinführte. An allen Katen streckten sich die Köpfe der Wartenden und reckten sich, so weit sie konnten. Ein Raunen und Wispern ging von Mund zu Mund. Man hörte, wie das Rollen eilig näher kam.

Aus dem hochaufspritzenden Wasser der Wegpfützen tauchte ein Wagen auf, und gleich hinterher ein zweiter. Und auf dem ersten, der von zwei starken Braunen gezogen wie rasend vorüberjagte, sah man in der Eile einen vierschrötigen Mann mit einem breitkrempigen Zylinder neben einem undeutlichen, zusammengesunkenen Etwas sitzen, von dem man nicht wusste, ob es ein Mensch oder ein Kleiderbündel sei. Das war das Brautpaar, und auf dem zweiten Wagen folgten zwei ältere nebst einem jüngeren Herrn, die ebenfalls Zylinder trugen und wahrscheinlich zur Verwandtschaft Mesecks gehörten. Hinter ihnen wirbelten Schmutz und Pfützenwasser wie ein Springbrunn auf.

»Zum Krug! Sie fahren nach'm Krug!«, schrie ein großer halbwüchsiger Bengel, der als Zeichen junger Manneswürde die frische Narbe eines Messerstiches auf der linken Backe zur Schau trug.

»Zum Krug! Zum Krug!«, pflanzte es sich durch die Reihen fort. Im nächsten Augenblick setzten sich Männer, Weiber und Kinder, so viel ihrer vor den Katen gelungert hatten, in Trab zum nahen Krug und stoben wie die wilde Jagd hinter den Wagen her.

Es stimmte in der Tat. Meseck hatte gewünscht, dass man erst im Kruge einkehre und Pferd und Wagen zum Schutz vor dem nahenden Gewitter in der Unterfahrt einstelle, ehe man selbst den Kirchgang antrat.

So ging denn die rasende Hochzeitsfahrt durch die beiden Reihen strohgedeckter, windschiefer Katen, vorüber an dem feierlich offenen Tor der grünumsponnenen Dorfkirche, deren spitzer Turm in dem Gewitterlicht seltsam bleich zum Himmel aufzeigte, vorüber an dem stummen Frieden geneigter Kirchhofskreuze und sehnsüchtig wie zur Umarmung über die Grabhügel gebreiteter Traureschen, vorüber an der gedrängten Menge verwunderter Dorfinsassen, bis sie mit einem jähen Ruck vor dem niedrigen Kruggebäude stillhielten. Die Pferde schäumten in den Gebissen, dass die Flocken ringsherum auf die Röcke und Kleider spritzten. Eine dicke Kotschicht bedeckte die blankgeputzten Geschirre und das frisch geölte Wagenleder, und die altmodisch feierlichen Zylinder der Männer trugen graue Spritzflecken.

Lautlos umstanden die Gaffer die beiden Fuhrwerke. Niemand wagte sich zu rühren oder einen Ton zu äußern, denn es lag etwas in den Gesichtern der Hochzeitsgäste, vor allem der Meseck'schen selbst, was auch dem Witzigsten das Behagen nahm und den Mund schloss.

Meseck war alt geworden. Die einst so stattliche aufrechte Gestalt war vornübergesunken. Der massive Kopf saß tief zwischen den noch immer breiten Schultern. Unter dem Zylinder fiel das ergraute Haar über den schwarzen Rockkragen. Die Augen blickten verkniffen und fuhren unstet in dem vergrämten Gesichte herum.

Er stieg schwerfällig vom Wagen und reichte seiner Frau die Hand. Sie stützte sich zittrig darauf und gelangte mühsam auf den Boden. Alle Blicke hingen an ihr. Das also war die Alte vom Ausbau, die auf ihrem Rücken fast hundert Jahre trug. Es gab zwar noch ein paar Neunzigjährige im Dorf und einige Achtzigjährige dazu, aber die kamen schon lange nicht mehr aus ihren engen Stübchen heraus und waren von den Jüngeren vergessen. Diese Frau aber gab dem Dorf und der Gegend noch weit und breit zu reden und setzte sich noch auf den Wagen und fuhr eine Stunde wieder zurück, um aller Welt zu zeigen, dass sie noch lange nicht ans Sterben denke.

Eine wunderliche Stimmung ging von der greisen, gebückten Gestalt und den großen, mächtigen Augen, die fast das einzige waren, was von den einst schönen, wohlgeschnittenen Zügen übrig geblieben. Alles andere in diesem Gesichte war verschrumpft und verdorrt und klein geworden und mitten drin saß eine richtige spitze Vogelnase, aber die Augen darüber schimmerten noch im letzten leisen Abendglanz, als sie über die Umstehenden hinweg sich wie in ferne fremde Räume verloren.

Und wie ihre alten müden Beine jetzt die sichere Erde berührten, da schien vor den Blicken der Menschen die Gebrechlichkeit der Greisin noch einmal zu schwinden. Langsam richtete sie sich zusammen und hob den Kopf in erwachendem Trotz, als wollte sie sagen: »Ich hab euch alle mein Leben lang verachtet, ich verachte euch noch heut«, und schritt am Arm ihres Mannes langsam in die Herrenstube des Krugs.

Über die Masse aber, die draußen zugesehen hatte, lief es wie eine Ahnung, als ob diese Alte noch manchen überleben werde, der jetzt noch prahlhansig sich auf seine zwei festen Beine stemmte, vielleicht ihren eigenen Mann dazu.

Und dieser war der letzte, der daran zweifelte. Er wünschte es sogar und gab das Spiel verloren. Er war in einer tollen Verfassung heute. Am frühen Morgen war er aufgestanden und auf das Feld hinausgewandert. Dort lag, soweit sein Auge reichte, der frisch geschnittene Weizen, die reiche Ernte des Jahres, an der sein Herz hing und sein Schweiß klebte, und schien zum Himmel zu jammern, dass sie so elend in all dem Regen und wieder Regen verfaulen und umkommen müsse.

Und der alternde Mann, dessen letzte Hoffnung und Freude seine Wiesen und Weiden, seine Saaten und Äcker waren, hatte mit krampfhafter Hast seinen Leuten mitgeholfen, die nassen Garben aufzubinden und zum Trocknen auszubreiten.

Aber im Laufe des Tages war sein Herz schwerer und schwerer geworden, wie sich das Antlitz des Himmels bedeckte und verfinsterte. Wenn Gott kein Wunder täte, so würde ein furchtbares Unwetter losbrechen und alles von Neuem überschwemmen. Und zu einer solchen Stunde musste er sich aufsetzen und Haus und Hof im Stich lassen, um mit dieser Mumie, die ihm den Atem lähmte, seine silberne Hochzeit zu feiern.

Er stand am Fenster des Gastzimmers und sah unverwandt zum schwarzdrohenden Gewitterhimmel. Ihm war weinerlich zumute. Er nagte an seiner Unterlippe und stierte auf die düstere Dorfstraße hinaus, wo jetzt der Wind sich aufgemacht hatte und welke Blätter himmelauf fegte. In der Torfahrt sah er seine Verwandten stehen und bedenklich die Köpfe schütteln. Wer weiß, worüber die jetzt sprachen! Wohl über das Unglück, das ihn sein Leben lang verfolgt hatte. Jetzt konnten sie ihn auslachen. Sie waren kleine Leute geblieben, aber er mit dem ganzen großen Grundstück, was war er denn? Weniger als sie. Nichts. Und jetzt ging ihm noch das Liebste verloren.

Der erste Blitz zickzackte. Ein dumpfer Donnerschlag folgte. Regen und Hagel schlugen prasselnd gegen die Scheiben der Fenster.

Im Zimmer war niemand als er und die Alte, mit der er heute den Bund fürs Leben von Neuem besiegeln sollte. Keiner von ihnen sprach ein Wort. Der Krüger war hereingekommen, um zu gratulieren, hatte sich aber sofort vor dem finsteren Blicke des Mannes zurückgezogen.

Vom Himmel, der jetzt in einem einzigen Grau schwamm, schüttete es herunter wie aus Eimern. Der Mann am Fenster fühlte, wie es ihm vor den Augen schwindelte. Auf einmal sah er im grellen Lichte der ununterbrochen zuckenden Blitze sein ganzes verfehltes Leben daliegen, vom ersten Tage an, heute vor fünfundzwanzig Jahren, wo er Gott den Herrn herausgefordert hatte durch den unnatürlichen Bund mit der verwünschten Hexe, über all die Jahre weg, die er schon für den Frevel gebüßt, bis auf diesen Moment, da nun vollends die Rache des Himmels auf ihn und sein liebstes Eigen herabschmetterte. Bei diesem Gedanken musste er sich festhalten, um nicht umzufallen. Plötzlich fühlte er, wie sich die Hand seiner Frau ihm auf die Schulter legte. Er drehte sich um und glotzte sie an. Aber kein Wort kam über seine Lippen. Die alte dunkle Wut kochte wieder in ihm auf und warf schwere Blasen. Seine Augen stierten blutunterlaufen.

»Wie siehst du aus?«, fragte die Alte. »Komm zu dir! Es hilft nichts.«

Er deutete hinaus. Sein Arm zitterte. Er wollte reden, aber er lallte nur unverständliches Zeug.

»Wer kann dafür! Was Gott schickt, muss der Mensch tragen. Gott straft uns für unsere Sünden. Alles wird wieder gut.«

Sie sprach ruhig und gefasst und sah ihm fest in die irren Augen.

»Du bist schuld an allem, allem, allem! Du Gespenst, du!«, brüllte er mit einem Male heraus und holte mit seiner Riesenfaust von oben herunter gegen das Weib aus, während gerade ein Blitz mit furchtbarem Knall draußen in nächster Nähe einschlug.

Mit einem entsetzten Aufschrei prallte die alte Frau vor der niedersausenden Faust zurück und sank wie ohnmächtig auf einen Stuhl.

Der wahnsinnige Mann hatte ins Leere getroffen. Im nächsten Augenblick war er bei voller Besinnung. Er sah die furchtbaren Augen der Alten in dem halbdunklen Zimmer ihn anfunkeln und durchbohren. Ihre Lippen murmelten leise, aber er verstand nichts. Vielleicht war es ein letzter Fluch, mit dem sie ihn und sein Leben verwünschte.

Da stürzte er von grauenhafter Angst gepackt hinaus, hinter ihm schlug die Tür ins Schloss.

Die betäubte Frau saß eine Weile und wartete. Allmählich sammelten sich ihre Sinne von Neuem. Ein einziger Gedanke grollte in ihr: Das der Schluss ihrer Tage! Hatte sie das vom Himmel verdient?

Plötzlich wurde von draußen die Türe aufgerissen.

»Frau Meseck! Frau Meseck! Erschrecken Sie nicht! 's is was passiert!«

Der Krüger stand auf der Schwelle und flog am ganzen Leibe.

Die Greisin hob sich langsam vom Stuhl, aber sie sprach kein Wort. Ihre Augen starrten wie abwesend nach dem kleinen Manne, dessen wohlgenährtes Gesicht erdfahl geworden war.

»Ihr Mann hängt im Stall am Türpfosten! Sie haben 'n eben abgeschnitten! Da kommen sie schon mit ihm an! Sollen wir nach 'm Doktor schicken?«

Sie erwiderte nichts. Ein sonderbarer Gedanke zog ihr durch den Kopf, dem musste sie nachsinnen. Nun hatte sie doch *noch* länger ausgehalten und *er* war vorausgegangen! Der Fluch hatte sich erfüllt. Der Herr hatte ihn gehört. Ein leises Gefühl wie von einem letzten Triumph hob ihr Kopf und Brust.

Als dann aber die Verwandten den Toten hereintrugen, zwei Männer am Kopfende und einer an den Füßen, und ihn auf den Fußboden niederlegten, da sank sie in sich zusammen wie morscher Zunder.

»Armer Jung!«, murmelte sie in einem fort. »Armer Jung! Armer Jung!«

Und dann nach einer langen, langen Weile, da sie unverwandt in das stiere Totengesicht gesehen hatte, entrang es sich der tiefsten Brust wie ein Schrei um letztes Erbarmen.

»Wer doch auch schon so weit wäre! O Gott! Wer doch auch schon so weit wäre!«

Und aus den alten vertrockneten Augen brachen noch einmal die heißen Tränen jugendlicher Jahre.

Draußen aber leuchteten die letzten fernen Blitze, und vom Kirchturm her setzten die Feiertagsglocken langsam ein, um zur silbernen Hochzeit zu laden.

Ein Meteor

Eine Künstlergeschichte

Ich kannte Fritz Johst seit der Schulzeit. Es wird an die zwanzig Jahre her sein, seit ich seinen Namen zum ersten Mal hörte. Er war mir um einige Klassen voraus und blieb es auch, sodass ich auf Sekunda saß, als er bereits, mit dem Abiturientenzeugnis Nummer eins in der Tasche, unser altersgraues Gymnasialstädtchen verließ, um auf dem entgegengesetzten Ende Deutschlands, in Straßburg die Universität zu beziehen.

Er wird damals wenig über siebzehn gewesen sein. Jedenfalls war er der jüngste Absolvent, der seit Langem aus unserem Gymnasium hervorgegangen war. Jedermann interessierte sich für den hübschen, groß gewachsenen, dunkeläugigen jungen Studenten, dem die Welt so früh sich erschließen sollte. Wir Zurückbleibenden beneideten ihn über die Maßen und zählten die Monate oder Jahre, wo wir ihm nachfolgen würden. Ich sehe ihn noch bei der feierlichen Entlassung der Abiturienten in der Aula unseres Gymnasiums die Festrede halten. Alle Augen richteten sich auf ihn, als er schlank und elegant, dabei über seine Jahre reif, das Podium betrat. Besonders die jungen Mädchen der Töchterschule, die bei solchen Gelegenheiten immer sehr zahlreich anwesend waren, reckten sich die Hälse nach ihm aus, denn Fritz Johst, so jung er war, stand im Rufe eines feurigen Liebhabers und Mädchenverehrers. Man erzählte sich Geschichten von ihm, dass er gewagt habe, sich seiner Flamme sogar *vorstellen* zu lassen, was als höchste Kraftleistung galt, da die meisten von uns ihre Verehrung für die Angebetete scheu im Busen bargen, nur von ferne auf den geheiligten Spuren wandelten und vor jeder näheren Bekanntschaft wie vor einer Entweihung Reißaus nahmen. So war Fritz Johst zum Rufe eines Helden, fast eines Don Juan gekommen, und die anwesenden Mütter und Pensionstanten runzelten bedenklich die Stirn, als die Hälse ihrer Schutzbefohlenen sich so sehnsüchtig nach dem jungen studentischen Festredner ausreckten.

Immerhin war auf mildernde Umstände für den begabten jungen Mann, den einzigen Sohn vermögender Eltern, zu erkennen, wenn er nur jetzt zur Einsicht kommen und nicht im Strudel des Studentenlebens untergehen wollte. Hatte doch so mancher frühere Zögling des Gymnasiums den besten Schutz gegen böse Anfechtungen darin gefunden, dass er mit der Flamme seiner Schülerzeit die Ringe wechselte und nach bestandenem Examen bei achthundert Talern Gehalt sie als seine Hausfrau heimführte.

Ob wohl Fritz Johst an etwas Ähnliches dachte, als er erhobenen Kopfes von seinem Podium über die ansehnliche Festversammlung hinwegsprach und seine rollenden Werte in dem mächtigen Saale laut austönen ließ?

Ich war damals zu jung, um mir über solche Gefühle Rechenschaft abzulegen, aber wenn ich mir heute das maliziöse Lächeln zurückrufe, das auf seinem Gesichte spielte, dann kann ich es mir nur so erklären: »Ihr täuscht euch alle in mir«, schien er sagen zu wollen. Er hat recht behalten. Wir haben uns alle in ihm getäuscht.

Des Themas seines Vortrages kann ich mich nicht mehr genau entsinnen, bezweifle aber nicht, dass es literarischer Natur war. Fritz Johst galt bei uns allen, bei Schülern wie bei Lehrern, für einen zukünftigen Dichter. Zwar hatten wir auf der Sekunda nur eine sehr dunkle Vorstellung, wie man so etwas wird, aber wenn einer den Weg dazu finden konnte, so war es Johst. Er schrieb die besten deutschen Aufsätze, wusste Bescheid in allen Klassikern, konnte Goethe'sche Hymnen, wie »Prometheus« und »Edel sei der Mensch« aus dem Kopfe rezitieren, hatte mit vierzehn Jahren »Wilhelm Meister« gelesen und war bekannt als schwacher Mathematiker, was in unsern Augen allein schon eine bedeutende dichterische Zukunft verhieß. Doch hatte er zu unserm Erstaunen schließlich auch hier eine Probe seiner umfassenden Begabung abgelegt, indem er bei den schriftlichen Arbeiten zum Abiturientenexamen die mathematische Aufgabe zur Befriedigung des alten misstrauischen Professors löste und somit einstimmig von der mündlichen Prüfung losgesprochen wurde.

Dies war der höchste Ehrentitel, der einem Abiturienten zuteil werden konnte, und für Johst der würdige Abschluss einer glänzenden Schülerlaufbahn. Beim feierlichen Schlusskommerse trank der Lehrer im Deutschen öffentlich auf das Wohl seines besten Schülers und prophezeite ihm eine siegreiche Zukunft, wobei er ihm noch einmal das klassische Ideal ans Herz legte. Möge er dessen stets eingedenk bleiben und so später einmal eine Zierde unseres Gymnasiums werden.

»Amen!«, glaubte ich Johst, in dessen Nähe ich saß, vor sich hinflüstern zu hören, und meinte wieder das spöttische Lächeln auf seinem hübschen, etwas weichen Gesichte zu bemerken.

Ich kannte Johst damals nur oberflächlich. Der Abstand zwischen einem Sekundaner und einem Abiturienten entfernt Vertraulichkeit. Ich weiß nur, dass ich, wie die meisten andern, Johst bewunderte und ihm das Höchste zutraute. Denn er schrieb nicht nur die besten Aufsätze, er hielt auch an der Kneiptafel die witzigsten Reden und vertrug so viel wie zwei. Solche Menschen mussten zu Großem bestimmt sein, das war die allgemeine Schüleransicht. Zweifellos, aus Johst würde ein Dichter werden, vielleicht auch ein Minister, vielleicht sogar beides, wie Goethe, unser Gott.

Natürlich studierte er Jura, würde also die schönste Zeit haben, nebenbei zu schreiben. Eine Anzahl von Gedichten Johsts zirkulierte in unsern Kreisen. Es waren meistens Spottverse auf bekannte Persönlichkeiten der Stadt, auch auf spröde Töchterschülerinnen, die Johsts Unwillen gereizt hatten. Hier und da schlugen tiefere Töne an, Weltschmerz, Lebensüberdruss, Einsicht in die Eitelkeit alles Irdischen. Mit sechzehn Jahren weiß man das. Wir kannten die Verse auswendig und betrachteten sie als Johsts dichterisches Vermächtnis an uns Zurückbleibende. Noch lange nachher flogen seine Spottreime von Mund zu Mund.

Jahre vergingen. Immer spärlicher floss die Kunde von dem jungen Studenten, der zu den schönsten Hoffnungen berechtigte. Offenbar studierte er und sammelte seine Kraft für das juristische Examen.

Inzwischen verließ ich selbst das Gymnasium, trieb mich einige Semester auf kleinen Universitäten herum und ging dann nach Berlin, wo ich bald in die Kreise junger gärender Literaten geriet. Warum? Weiß ich selbst nicht. Literarischen Ehrgeiz besaß ich eigentlich nicht mehr. Mein Römerdrama lag schon hinter mir.

Ich hatte überwunden und fühlte mich als Durchschnittsmenschen. Wir können nicht alle Genies sein. Einige wenigstens müssen die ordinären Arbeiten besorgen, wie Akten schreiben und Kranke besuchen. Ich bereitete mich für das letztere vor. Wenn man sein Auskommen hat, lässt sich ganz gut dabei leben.

Trotzdem schmeichelte mir die neugewonnene Beziehung zur Literatur. Man steigt gern in höhere Sphären. Und ich bewegte mich ja in den allerhöchsten, denn meine neuen Bekannten waren fast durchweg Genies, nur dass sie noch nicht öffentlich als solche anerkannt waren. Aber es würde schon kommen. Die Hauptsache ist, wie man's im Busen fühlt, und da kochte es von Sturm und Drang. Die alten Werte mussten umgemünzt und neue dafür geprägt werden.

Damals kam gerade Nietzsche auf. »Stirb zur rechten Zeit!«, hieß eins seiner Worte. Es wurde viel diskutiert und galt bald als unumstößliches Axiom. Meine Freunde waren sämtlich zum freien Tode entschlossen, wenn die Stunde geschlagen haben würde. Über den Zeitpunkt waren sie sich nicht ganz einig, aber das würde sich finden. Im Allgemeinen ging die Ansicht dahin, dass man sich nicht überleben dürfe. Sie standen alle zwischen zwanzig und zweiundzwanzig.

Mir leuchtete das sehr ein, nur überließ ich die Kontroversen den andern, hielt mich klüglich und ging viel auf den Sezierboden. Schon damals interessierte ich mich für Anatomie des Gehirns und bin denn auch wirklich ein ganz tüchtiger Spezialist hierin geworden. Vielleicht hat mich der Umgang mit den Genies nicht wenig dafür vorbereitet. Ich bin Fatalist.

Durch meine Zurückhaltung gewann ich mir bald die allgemeinen Sympathien. Auch das größte Genie braucht ein Publikum, und hier waren es ihrer zehn. Ich habe damals so viele Gedichte und Dramen vorlesen hören, dass ich für mein ganzes Leben genug habe. Episches stand seltener auf der Speisekarte. Ich hörte, dass es veraltet sei. In diesem Kreise traf ich auch Johst wieder. Doch kam er unregelmäßig. Er war eigentlich nur Hospitant, stand aber in hohem Ansehen bei den Genies, da er der einzige unter ihnen war, der ein Buch herausgegeben hatte. Es war gerade zu der Zeit erschienen und hieß »Lieder eines Verlornen«. Auch noch heute kann ich nicht umhin, die Gedichte schön und eigenartig zu finden. Wenn ich den schmalen Band mit der eigenhändigen Widmung Johsts aus meinem Bücherschrank hervorziehe und die schon etwas vergilbten Seiten durchblättere, dann fühle ich mich immer von Neuem ergriffen, und es weht mich wie ein Hauch jener tollen Sturm-und-Drang-Zeit an, die ich einst selbst als junger Mediziner, wenn auch nur passiv und sozusagen leidend, mitgemacht habe.

Jedenfalls halte ich die »Lieder eines Verlornen« für den stärksten lyrischen Ausdruck, den die Bewegung gefunden hat, für die bindende

Form jenes großen Umschmelzungs- und Läuterungsprozesses, der damals in der Literatur vor sich ging, und dass dies auch die Meinung der Zeitgenossen im Allgemeinen, nicht nur der erwähnten Genies war, ergibt sich aus dem schnellen Absatz des Buches, gleich bei seinem Erscheinen. Es wurden kurz nacheinander mehrere Auflagen vergriffen. Die Presse bemächtigte sich des Falles, die Anhänger schleuderten den Ball, die Gegner griffen ihn auf und gaben ihn zurück, das Publikum wurde aufmerksam und kaufte, und der Erfolg war fertig. Wer älter wird, kann das Schauspiel alle paar Jahre sich wiederholen sehen. Damals war es mir neu.

Ich kämpfte, soweit meine Zeit es erlaubte, lebhaft mit. Natürlich aufseiten Johsts. Von den einen als Antichrist in die Hölle verdammt, von den andern in den Himmel erhoben, als der Held, der die neue Richtung zum Siege geführt hatte, war er der Mann des Tages. Seine Sonne war glänzend aufgegangen und überstrahlte alle kleineren Sterne. Er war kaum zweiundzwanzig Jahre alt. Wie früher auf dem Gymnasium seine Lehrer, so prophezeite ihm jetzt die Kritik eine glänzende Dichterlaufbahn. Selbst die Gegner gestanden unter der Hand zu, dass man es mit einem beachtenswerten Talent zu tun habe. Das Publikum und seine Freunde sprachen von Johst als von dem Genie der Zukunft.

Ich war stolz auf meinen ehemaligen Mitschüler. Wir hatten ja immer gewusst, dass etwas Besonderes in ihm steckte. Wir hatten es vorausgesagt, als noch niemand ihn kannte. Was wohl der Lehrer im Deutschen von Johsts »Liedern eines Verlornen« denken mochte? Die heißen Liebesverse und die leidenschaftlichen Anklagen gegen die Welt- und Gesellschaftsordnung stimmten wenig zu dem klassischen Ideal, das dem Lehrer auf jenem Kommerse vorgeschwebt hatte. Umso besser! Ich gönnte es ihm. Mich hatte er nie leiden mögen.

Ich war wie berauscht von dem Feuerwein dieser Strophen und brauchte ein paar Tage, um mich zu erholen und die nötige Sicherheit für das Seziermesser zurückzugewinnen. Am liebsten hätte ich damals noch den ganzen wissenschaftlichen Plunder an die Seite geworfen und wäre mit fliegenden Fahnen zu den Genies abgerückt. Aber zum Glück besann ich mich noch. Der Alltagsmensch siegte. Ich danke meinem Schöpfer dafür.

Als ich Johst wiedertraf, drückte ich ihm begeistert die Hand. Viele Worte fand ich nicht, aber es musste wohl in meinen Augen stehen.

Von da an wurden wir Freunde, während wir uns bisher beide zurückgehalten hatten, ich, um mich nicht aufzudrängen, er, weil er mich vielleicht nicht ganz für voll angesehen hatte und außerdem eine verschlossene, einsame Natur war, die sich nur selten anvertraute. Wenigstens wussten die Genies, in deren Kreise er verkehrte, so gut wie nichts von seinem Privatleben. Er liebte, sich mit einem geheimnisvollen Schleier zu umgeben, und war oft tagelang unsichtbar, was übrigens den pikanten Reiz seiner Persönlichkeit für die Außenwelt nicht wenig erhöhte.

Mir gegenüber gab er sich offener. Ganz aus sich herausgegangen ist er wohl auch nicht. Ein bisschen Komödie ist immer dabei gewesen. Jetzt weiß ich das, und ich glaube auch zu wissen, warum. Er war eben nicht der, für den wir ihn alle hielten, deshalb musste er immer etwas dazutun, und weil er sich selbst am besten kannte, darum flimmerte auf seinem feingeschnittenen Gesicht so oft jenes maliziöse Lächeln, als mache er sich insgeheim über uns und unsere Verehrung lustig und litte doch in tiefster Seele darunter. Aber wie gesagt, das alles ist mir erst viel später aufgegangen. Damals stand ich, obwohl nur wenig jünger, ganz in seinem Bann.

Er war auch wirklich ein glänzender Mensch mit seinen zwei-, dreiundzwanzig Jahren. Alle seine Gaben hatten sich voll entfaltet. Frühreif war er von jeher gewesen. Jetzt schien seine Blütezeit gekommen. Wenn ich mir den jungen Goethe während seiner Straßburger Zeit vorstellen wollte, so musste ich unwillkürlich an Johst denken. Ich habe selten wieder einen Menschen getroffen, der schon durch sein Äußeres so zu faszinieren und zu überzeugen wusste. Dabei war er nicht eigentlich schön, aber in seinen dunklen, schwermütigen Augen lag etwas Unergründliches, was auf den ersten Blick interessierte, und wenn er redete, bekamen seine Züge einen hinreißend lebendigen Ausdruck. Man musste ihm zuhören, ob man wollte oder nicht. Das braune Haar fiel wellig in die Stirn. Der Ton der Stimme war weich und einschmeichelnd, wie der ganze Mensch trotz seiner Zurückhaltung. Ein sinnlicher Reiz ging von ihm aus, der wie ein Narkotikum auf die Nerven der Frauen wirkte.

Es gibt Sonntagskinder des Glücks, und Johst schien eines zu sein. Sorgen kannte er keine. Seine Eltern, wohlhabende Landleute, taten alles für den einzigen Sohn, den Stolz ihrer Tage. Das Leben lag mühelos vor ihm. Nie ist mir ein Zweifel an der Beständigkeit all dieses Glückes gekommen. Auch darin ist er mir überlegen gewesen.

Wir sprachen viel von seiner Zukunft, und ich glaube, es waren die anregendsten Stunden meines Lebens, die ich mit ihm verbracht habe. Von mir war nie die Rede. Was war da auch viel zu sagen! Desto mehr von seinen dichterischen Plänen, die alle ins Große gingen. Sein Studium hatte er natürlich längst aufgegeben und wollte ganz seinem Schaffen leben. Eine Menge von Ideen kreuzte sich in seinem Kopf, eine verwegener als die andere, aber keine genügte ihm für das Zukunftswerk, mit dem er die Welt von der Rechtmäßigkeit seines ersten Erfolges überzeugen wollte. Denn der Gedanke quälte ihn, man könne an der Tragweite seines Talentes zweifeln.

Es gab auch wirklich vereinzelte Stimmen, zu Anfang freilich nur selten, die seine »Lieder eines Verlornen« als einen Zufallserfolg hinstellten und weitere Proben seines Könnens verlangten. Solche Zweifler wollte er durch irgendein unerhörtes Werk widerlegen, vielleicht auch, wer weiß es, die eigenen Bedenken durch krampfhaftes Ringen ersticken. Es war ein ewiges Suchen und Verwerfen und Von-neuem-Suchen, was ihn umtrieb und ihn bei keiner Arbeit so recht Ruhe finden ließ.

Eines Tages machte er mich mit seiner Geliebten bekannt. Unter allen seinen Freunden war ich der einzige, den er dieses Vertrauens würdigte. Sonst hielt er das Mädchen beinahe ängstlich versteckt, zeigte sich nie mit ihr in öffentlichen Lokalen und sprach auch selten von dem Verhältnis. Und doch hätte er mit Maria Aufsehen machen können. Sie trug ihren Namen nicht mit Unrecht. Noch heute denke ich mit einer gewissen Rührung an den kindlich-madonnenhaften Schnitt ihres Gesichtes und den flehenden Ausdruck ihrer braunen Augen. Es lag so etwas wie eine Bitte um Schonung darin und wie eine Ahnung von trübem Ende. Sie hat sich denn auch wirklich einige Zeit später, wie ich nachmals erfuhr, durch einen Sprung in die Spree allem kommenden Jammer, der ja unausbleiblich war, entzogen. Denn Johst war nicht der Mann für eine Heirat oder auch nur für dauernde Treue. Maria war ihm nur ein Spielzeug wie andere auch, freilich eins, an dem er vielleicht zärtlicher gehangen hat, als es sonst seine Art war. Doch wer will behaupten, dass er das Geheimnis dieser seltsam komplizierten und widerspruchsvollen Natur ergründet gehabt hätte! Vielleicht hat Maria doch mehr für Johst bedeutet, als er selbst gewusst oder andern verraten hat, ja vielleicht hätte sie der gute Genius seines Lebens werden können, wenn … Nun, wenn es eben so bestimmt gewesen wäre! Im späteren Schicksale des Dichters mag man einige Fingerzeige finden, die darauf hindeuten.

Wie dem auch sei, an jenem Nachmittage, dem ersten und letzten, den ich mit dem Pärchen verbracht habe, war von so düstern Betrachtungen keine Rede. Es lag nur wie ein zarter Schleier über Marias Augen. Im Übrigen war das Glück der beiden Sünder in seiner Maienblüte.

Sie tollten und küssten sich um die Wette, während wir zu dreien am Rande des Grunewaldes längs der Havel entlang zogen. Ich glaube, ich habe ein etwas trübseliges Gesicht zu dem verliebten Spiel geschnitten, denn die Kleine hatte es mir mit ihren schwermütigen Augen angetan, die freilich manchmal von Lebenslust nur so glühten. Man sah es diesem Madonnengesichtchen gar nicht an, wie ausgelassen es lachen und die weißen Zähne zeigen konnte. Die ganze unverdorbene und ungebrochene Sinnlichkeit, die für die Mädchen aus dem Volk Glück und Lebensschicksal zu sein pflegt, steckte auch in Maria. Wer den Schlüssel zu dieser Sinnlichkeit nicht findet, sieht sie keusch und unzugänglich. Ist der Richtige gekommen, so gibt es kein Aufhalten mehr. Es vollzieht sich nach Naturgesetz. Das Gretchenschicksal liegt ihnen allen im Blut.

Maria erging es nicht anders mit Johst. Wenn ich ihn jemals um sein Glück beneidet habe, so war es an jenem Frühlingsnachmittag. Maria merkte natürlich, wie mir zumute war. So etwas spüren die Frauen sofort. Aber all ihre zarte Teilnahme konnte mich wenig trösten. Immer wieder sah ich, wie ihre Augen zu Johst hinüberspielten und ihre Hände sich mit den seinen begegneten. Ich blieb der komische Dritte, der zusehen muss. Ob Johst mir das absichtlich angetan hat? Solche Übermenschen sind zu allem fähig.

Ich war klug genug, ihm keine weitere Gelegenheit zu diabolischen Triumphen zu geben. So schwer es mir fiel, ich habe alle Einladungen Johsts ausgeschlagen und bin Maria überhaupt nie mehr im Leben begegnet.

Bald danach war das Semester zu Ende. Ich reiste zu den Ferien, und als ich im Winter wiederkam, war Johst verschwunden. Es hieß, er sei auf Reisen gegangen.

Von Maria hörte ich nichts mehr. Niemand aus unserem Kreise hatte sie gekannt. Niemand wusste, was aus ihr geworden sei. Ihren Ausgang habe ich erst später zufällig erfahren. Es muss in jener Zeit geschehen sein.

Wer weiß, wenn ich sie wiedergetroffen hätte … Aber unser Schicksal steht uns ja allen in den Sternen geschrieben. Was nützt es, dem Unabwendbaren nachzugrübeln!

Wieder vergingen Jahre, Jahre für mich des Brotstudiums, angestrengter Berufsarbeit. Es galt, auf dem heißen Boden Berlins eine Existenz erringen. Für literarische Träume fehlten mir Zeit und Lust. Mit Johsts Weggang war auch der Hauptantrieb fort, der mich noch zu den Genies geführt hatte. Ich kam seltener und seltener und blieb schließlich aus. Auch der Kreis selbst löste sich auf. Mit fünfundzwanzig bis höchstens dreißig Jahren vergeht den meisten Menschen das Genietum. Die Bäume blühen ja auch nur einmal im Jahr, und dann auf kurze Zeit. Meine Freunde waren von der Art gewesen. Nach verrauschtem Sturm und Drang wurden die meisten brave Journalisten. Ein paar nahmen es sich allzu sehr zu Herzen, dass nicht alle Blütenträume reiften, und verkamen bei Weibern und Absinth. Einer von ihnen wurde Phthisiker und starb. Zwei nahmen Zyankali. Einer hat schließlich in eine Lederfabrik geheiratet. Ich traf ihn neulich. Er ist der Zufriedenste von uns allen.

Und Johst selbst? Das Genie der Zukunft, der Mann, auf den nicht nur seine Freunde, sondern auch seine Gegner gerechnet hatten, der einzige aus dem ganzen Kreis, der etwas Positives geleistet hatte …? Man sprach weniger und weniger von ihm. Die Zeitungen brachten noch ein paarmal kurze Notizen über ihn und seine Pläne, dann verstummten sie. Es wurde still von dem Namen. Neue Erscheinungen drängten sich vor. Schließlich hatte man ihn halb und halb vergessen.

Manchmal vor dem Einschlafen musste ich an Johst und unsere alte Freundschaft denken. Was mochte wohl aus ihm und seinem Schaffen geworden sein? Erschienen war nichts mehr von ihm seit den »Liedern eines Verlornen«, das wusste ich. Ob er noch immer um den entscheidenden Ausdruck seiner Persönlichkeit rang? Ob er es aufgegeben hatte? Was er trieb, was er tat? Ob er am Ende auch nur so ein Pubertätsgenie war, dem es einmal geglückt war und nicht wieder …? Wer wollte all diese Fragen beantworten!

Ich musste mich gedulden und auf den Zufall warten, der uns wieder zusammenführen würde.

Ich glaube an eine Gesetzmäßigkeit in diesen Dingen. Man trifft sich unfehlbar wieder, das habe ich oft erfahren. Auch mit Johst. Ich sollte ihn noch nicht zum letzten Mal gesehen haben.

Eines Nachmittags – es war im Spätherbst und etwa zehn Jahre nach unserem Abschied – kam er in meine Sprechstunde. Ich hatte schon etwas Ruf als Arzt. Daher mochte ihm mein Name aufgestoßen sein.

Ich erschrak ordentlich, als ich ihn eintreten sah. So verändert schien er mir. Sein Gesicht war schwammig geworden. Tiefe Spuren innerer Kämpfe hatten sich um Mund und Nase eingezeichnet. Die einst freie und heitere Stirn war umwölkt. Die leidenschaftlichen Augen flackerten unstet. Der mephistophelische Zug, der von Jugend auf in seinen Zügen angedeutet gewesen war, hatte sich verschärft. In Augenblicken der Ruhe hing sein Unterkiefer schlaff herab, wie man es bei Leichen sieht.

Äußerlich trug er sich elegant einfach, wie immer, doch ohne die schlanke Grazie von früher. Er war korpulent geworden. Auch sein Gang war lange nicht mehr so agil und elastisch. Das dunkle Haar an den Schläfen war ergraut. Der Frühreife hatte früh gealtert. Alles in allem machte er den Eindruck eines älteren Schauspielers, dem man noch immer den schönen Mann ansieht. Aber der herbstliche Eindruck herrschte vor.

Auch in seiner Sprechweise. Es lag etwas Müdes, Abgelebtes darin, wenigstens zu Anfang. Allmählich wurde er lebhafter, zugänglicher. Das alte Feuer loderte wieder auf.

»Also keine Untersuchung, keine Pro- und Diagnose!«, erklärte er bestimmt. »Ich bin zum Menschen gekommen. Nicht zum Arzt. Mit den Ärzten bin ich längst fertig. Ich kenne meinen Zustand am besten und weiß, was ich zu tun habe. Ich wollte dich noch einmal wiedersehen, das ist alles. Ich habe immer eine gewisse Schwäche für dich gehabt.«

Ich lachte und verneigte mich.

»Nein, nein, Scherz beiseite! Ich habe immer was von dir gehalten, und ich freue mich, dass ich mich nicht getäuscht habe. Du bist einer von den Soliden, die sich langsam entwickeln, dafür aber umso länger dauern. Ich gebe dir noch eine Zukunft.«

»Die haben wir hoffentlich beide«, sagte ich.

»Nein, ich nicht!«, antwortete er schroff. »Ich habe nur eine Vergangenheit. Siehst du jetzt, dass du der Glücklichere bist? Ich habe dir das immer prophezeit. Du hast es nicht glauben wollen. Heute beneidest du mich nicht mehr, wie vor Jahren.«

Ich wusste nicht recht, was ich ihm erwidern sollte.

»Ich habe meinen Beruf«, sagte ich, »und bin zufrieden. Ich habe mich resigniert mit dem, was ich bin. Man kann nicht alles sein wollen. Man verliert sich zu leicht.«

Er lachte bitter.

»Hör' ich den alten Gordon wieder! Ja, ja, die Alltagsphilosophie! Aber es konserviert! Es konserviert! Man sieht's an dir.«

»Ich habe meine Grenzen immer gekannt«, sagte ich. »Das Allmenschentum überlass ich Größeren, und auch für die ist es ein gefährliches Spiel.«

Ich sah ihn bedeutsam an. Er schwieg und presste die Lippen zusammen.

»Denkst du noch an jenen Ausflug längs der Havel?«, fragte er plötzlich. »Zusammen mit Maria?«

Ich bejahte leise. Er fuhr langsam fort:

»Es war die beste Zeit meines Lebens. So etwas wird nie wiederkommen.«

Ich zuckte mit den Achseln.

»Nie wiederkommen!«, wiederholte er fest. »Mache mir nichts vor, was du selbst nicht glaubst! Vorbei ist vorbei! Ich hätte Maria nicht verlieren sollen. Das war der Umschlag. Seitdem ging alles quer.«

»Es lag doch an dir?«

»Es lag *in mir*!«, betonte er und schwieg wieder. Von seinem Schaffen hatte er noch kein Wort gesprochen. Ich hielt mich natürlich zurück.

Jetzt begann er, als koste es ihm Mühe.

»Du hältst mich natürlich auch für vollständig passé als Dichter? Bitte, Offenheit! Keine Umschweife!«

Ich sagte, dass mir nichts Neues mehr von ihm bekannt geworden sei. Allerdings sei ich vielleicht nicht ganz auf dem Laufenden. Jede

Zeile von ihm würde mich interessieren. Ich läse noch heute viel in den »Liedern eines Verlornen«. Ich wüsste nichts, was mir darüber ginge von modernen Werken.

Meine Worte schienen ihm wohlzutun. Er sah wohl, dass ich es aufrichtig meinte.

»Gut!«, sagte er. »Du sollst etwas Neues von mir zu lesen bekommen. Es ist zwar ein Fragment, aber es mag dir manches sagen. Vielleicht wird dir mein Wesen klarer werden. Vielleicht auch nicht. Dann tut es nichts. Wir sind uns ja alle fremd. Wenn du in den nächsten Tagen das Manuskript erhältst, lies es, und wenn du dann magst, komm zu mir! Ich hätte dir etwas mitzuteilen. Leb wohl!«

Er drückte mir in einer seltsam gerührten Art die Hand und schied. Ich ahnte nicht, dass es ein Lebewohl für immer war. Ich sehe ihn noch langsam, mit gesenktem Kopf, zur Tür hinausgehen. Das war am Montag. Am folgenden Sonnabend, es war der letzte im November, erhielt ich das Paket mit dem versprochenen Manuskript. Nur wenige Zeilen von Johsts Hand lagen bei.

»Komm morgen früh in meine Wohnung! Ich erwarte Dich bestimmt! Wenn Dir etwas an mir gelegen ist, so komm! Lies aufmerksam! Ein Schuft, wer mehr gibt, als er hat! Über sich selbst kann niemand weg! Bin ich ein Rätsel, so sei es nun gelöst! Am Vorabend meines dreiunddreißigsten Geburtstages! Salut! Fritz Johst.«

Seltsam! Nachträglich wundere ich mich, dass mir der Ton des Schreibens nicht sofort aufgefallen ist.

An jenem Abend fand ich nichts Besonderes daran. Ein Mensch wie Johst hatte wohl seine eigene Art zu schreiben.

Spätabends legte ich mich auf den Diwan und begann zu lesen. Ich merkte bald, dass mit Brandt, dem Helden des Fragments, Johst selbst gemeint war. Umso mehr steigerte sich mein Interesse. Ich lasse das Bekenntnis, so darf ich es wohl nennen, im Nachstehenden folgen. Wer sich einmal für Johst interessiert hat, der wird es nicht ohne Teilnahme lesen und vielleicht einen Beitrag zur Erklärung seiner problematischen Persönlichkeit darin finden. Es ist im erzählenden Ton gehalten und lautet wie folgt.

1.

Ein scharfer, frostiger Wind blies durch die zugigen Straßen. Der Himmel erschien finster und wolkenbedeckt im düsterroten Widerschein all des tausendfachen Lichtes, das von Straßen und Plätzen, aus Kaufläden und Werkstätten, aus menschendurchbrausten Tanzsälen und einsamen Grüblerstübchen zu einem einzigen Meere hoch über diesem aufgetürmten Steinhaufen und seiner wimmelnden Menschenbrut zusammenfloss. Wie mit gerunzelter Stirn, tränenlos und drohend, starrte der Nachthimmel tief hinab in all dies unbegreifliche Ameisentreiben. Kein Tropfen fiel aus den schweren Wolken auf den kalten, blendenden Straßenasphalt. Schnee und Eis schienen sich dort oben ineinander zu ballen. Schon spürte man durch die Lüfte das ferne Flügelrauschen des Winters.

Brandt fühlte ein behagliches Frösteln, wie er so in seinem schweren dichten Mantel sich durch die Menge drängte, bald wieder in stillern Straßen traumverloren vor sich hinschlenderte. Er liebte diese trockene Kälte, die nicht mehr Herbst und doch noch nicht Winter war, wie er alle Übergänge zwischen den Jahreszeiten und alle gebrochenen Stimmungen liebte.

Vielleicht bist du selbst dergleichen, dachte er bei sich, und ahnst in Leben und Natur die verwandte Seele. Zu viel bist du und doch wieder zu wenig. Darum sind dir die anderen voraus, die nur eins sind, aber das Eine ganz. Ja, wer das Leben in seiner Fülle umspannen könnte! Aber dazu ist es zu reich, zu kompliziert. Und wer es doch versucht, den sprengt es auseinander. Das sind die Glücklichen, die gar nicht auf solche Gedanken kommen, die sich hübsch bescheiden mit dem einen Trieb, den ausleben, nicht nach rechts, nicht nach links, immer nur geradeaus sehen, denen keine Nebenabsicht dem besten Text verdirbt, ja, man spielt ein gefährliches Spiel. Aber kann man denn anders spielen, wenn man nun eben die Karten mitbekommen hat? Will man der falsche Spieler sein, der aus fremden Karten spielt? Nein! Soll ich denn an meinen Karten zugrunde gehen, sei's drum! Dann war es wohl von allem Anfang an bestimmt. Ihr habt klug reden von Geschlossenheit und allen guten Dingen. Ihr wart eben immer geschlossen, braucht es nicht erst zu werden, wenn ihr euch das auch nachträglich einbildet. So etwas kann man nicht wollen. Man ist es oder man ist es nicht. Dann wehe! Dunkel, dunkel ist der Weg!

Halblaut flüsterte er die letzten Worte vor sich hin und hob den tiefgesenkten Kopf. Achtlos der Richtung, war er von Straße zu Straße geschlendert. Er musste weitab geraten sein von seiner Wohnung und von dem breiten Strom der abendlich heimkehrenden Arbeitermassen. Rings um ihn war es einsam und halb dunkel. Ein paar verlorene Gaslaternen flimmerten hin und wieder auf seinen Weg. Das gelbe Licht kämpfte vergebens gegen die Finsternis ringsum. Wie zusammengekauert umschloss es die Laternenpfähle, als wehre es sich gegen den unsichtbaren Feind. So oft Brandt einen solchen engen Lichtkreis durchschritt, erkannte er deutlicher seine eigenen Umrisse und die der wenigen ihm Begegnenden. In schmerzlichster Trauer zog sich sein Herz zusammen. Ihm war, als müsse das jetzt immer so bleiben, und keine neue Sonne mehr werde über seinem Leben aufgehen.

Plötzlich erkannte er im fahlen Gaslicht die Straße und das Haus, an dem er gerade vorbeiging. Er fuhr zusammen und blieb sinnend stehen. Von diesem bejahrten, verfallenden Hause hatte sein Weg die entscheidende Wendung genommen. Manches Jahr war nun schon darüber vergangen. Aber er erinnerte sich mit bestimmter Deutlichkeit an die kleinsten Einzelheiten jenes süß berauschenden Sommerabends. Hier im Erdgeschoss zur Linken das Zimmer mit den niedrigen Fenstern und den weißen Gardinen, die noch genau so hingen wie damals: das war es!

Sein nächster Freund hatte hier ein unruhiges und freudloses Zigeunerdasein geführt, indem er konsequent bei Sonnenuntergang aus dem Bett aufstand und seinen Kaffee zu einer Stunde einnahm, wo andere Leute Abendbrot aßen und sich zum Schlafengehen anschickten. Dann loderte sein Lebensmut mächtig auf. Den Stock in der Rechten, den verschossenen Filzhut auf das wildgelockte Künstlerhaupt gedrückt, zog er hinaus in die abenteuerreiche Nacht. Aber das Ende vom Liede war jedes Mal nichts als ein schwerer, bierseliger Kopf und eine späte Heimkehr um Mittag des nächsten Tages.

In jener Zeit hatte Brandt, kaum mehr als zwanzigjährig, seine zärtlichsten Liebestage verlebt. Aus schneller Bekanntschaft war heiße Leidenschaft gewachsen. Wer hätte im Sturm des ersten Liebesrausches an die Zukunft denken sollen! Überschwängliche Gegenwart war alles, toll verliebtes, sehnend banges, sinnenblühendes Heute, das Morgen aber zu weiter auf der Welt nichts nutz, als dem wild überschäumenden Begehren die endliche, allerletzte, tiefzügige Erfüllung zu gewähren. Leib drängte zu Leib, Sinne zu jugendwarmen Sinnen, die Ketten, die noch hemmten, mussten unter dem Drucke übergewaltiger Naturkraft bersten und zerspringen. Gewohnt, sich keinen seiner Wünsche zu versagen, der Leidenschaft, die ihn erfasste, blindlings nachzugeben, hatte Brandt sich nicht einen Augenblick bedacht, die unerschlossene Rose, die sich schwach und schwächer ihm neigte, zu brechen und im Triumph an seine Brust zu stecken.

Und hier in diesem selben Zimmer, das mit seinen dunklen Fensterscheiben den schauernden Betrachter so seltsam tot und geisterhaft anstierte, hier war es geschehen, hier war der Schauplatz ihrer süßesten Stunde. Der zigeunernde Freund hatte sich Brandts Qual erbarmt und ihm den engen, – ach! – unvergessenen Raum für einen kurzen heißen Abend zur Verfügung gestellt. Ja, er hatte die Selbstaufopferung so weit getrieben, schon eine Stunde früher als sonst aufzustehen, damit die Wirtin das Zimmer einmal gründlich in Ordnung bringen und es in einen würdigen Zustand für die verliebten Gäste setzen könne.

Das war denn auch geschehen. In nie geahntem Glanze präsentierte sich die vielerfahrene Studentenbude, da Brandt als erster eintrat und einen Rosenstrauß auf den wackligen Tisch, neben den Strauß aber eine veritable Champagnerflasche stellte.

Und nun rollte sich Zug um Zug vor ihm auf, wie er fiebernd auf Maria gewartet hatte, bald bänglich in der düstern Stube auf und ab geschritten war, bald vorsichtig zum Fenster in die dämmernde Straße hinausgespäht hatte, ob sie denn nicht endlich, endlich kommen wollte, oder ob sie ihr Entschluss im letzten Augenblick nicht doch noch gereut habe. Eine bange, schwüle Stunde der Erwartung! Denn er wusste, wie ihre unverdorbene Natur zwischen Scheu und Verlangen kämpfte, und war des Ausgangs unsicher.

Aber dann hatte er doch gesiegt. Ja, sie hatte nicht widerstanden. Leise hatte sie geklopft und geöffnet und war ihm fast unter Tränen um den Hals gefallen. Und dann! Wie dufteten die Rosen so schwül! Das ganze Zimmer war von ihrem Geruch erfüllt. Schmeichelnd küsste er die Sinne und löste mit der Spannkraft der Glieder das letzte schwache zärtliche Sträuben, das schon mehr ein Ansichziehen und

Umfangen war. In den Gläsern perlte der bescheidene Sekt. Die alten, baufälligen, verschlissenen Möbel erwachten aus vieljährigem Schlaf und horchten verwundert der neuen, – ach! – uralten Melodie. Draußen aber sank der Sommerabend schwül und schwer auf das glühende Pflaster, das Kindergeschrei, das noch manchmal durch die verhangenen Gardinen hereingeklungen war, verstummte allgemach, tiefer die Stille, seltener das Geräusch vorüberklappernder Schritte. Die beiden Menschen, der Jüngling und das Mädchen, vergingen miteinander in der Einsamkeit des Menschenmeeres und in dem Schweigen der Nacht.

Brandt überlief es kalt. Er hatte sich gegen die Haustür gelehnt, übermannt von der Flut der Erinnerungen. Jetzt war er wieder bei sich und hatte seine Kraft zurückgefunden. Vorbei war es und unwiederbringlich! Allein und verlassen stand der Mann hier in der Novembernacht und betrachtete schwermütig die dunkle Grabstätte der Vergangenheit. Tief in seinem Innern aber rangen sich Zukunft und neues Leben langsam ans Licht.

Er ging gemach an dem Hause vorüber und sah noch einmal in die toten Fenster. Da war es ihm mit eins, als müsse er selbst sich da hinter der weißen Gardine versteckt halten und plötzlich das Fenster öffnen, um hinauszusehen. Dann würden sie sich beide gegenüberstehen und sich fest ins Auge fassen, der Jüngling und der Mann. Warst du das? Bist du's? Sahst du so aus? Hab ich dich so geträumt?

Ein plötzliches Grausen vor der gespenstischen Zwiesprache trieb dem Einsamen die Haare zu Berge. Er ging schneller und schneller. Bald blieb die Straße hinter ihm.

Aber der einmal geweckte Gedanke verließ ihn nicht. Wer noch einmal anfangen, wer sich von Neuem leben könnte! Nicht ganz von vorn! Nicht wieder die Mühseligkeiten der Kindheit und der Schule! Aber noch einmal zwanzig sein mit den Erfahrungen seines jetzigen Wesens und dann von Neuem hinaus in die Welt! Alt und doch wieder jung! Unverbrauchte jugendliche Kraft von männlicher Reife in die richtige Form gefasst! O dann würde er es sich anders einrichten! Keine Vergeudung mehr! Kein unsicheres Vorbeitasten! Resolutes Zugreifen und unerschütterliches Festhalten! Und vor allem nicht mehr diese unfruchtbare Hypertrophie des rein Geistigen, die jede Tatkraft hemmte und den Menschen unbrauchbar machte für die gesunde, einfache Wirklichkeit. Wer einmal von jenem gefährlichen Safte gekostet hatte, der war verloren für diese reale Welt, in die er nun einmal mit allen seinen Sinnen hineingestellt war, und der er sich doch nie wieder anpassen konnte, weil eben das eine unersetzliche Organ narkotisiert und gelähmt war, der Wille, der Entschluss zur Tat, die Kraft, sich der Welt oder die Welt sich dienstbar zu machen, je nach Neigung und Können.

O wer ihm den Willen wiedergegeben hätte, den ungebrochenen Willen der Jugend, der durch keine Vorspiegelungen der Fantasie, nicht durch gewähnte Schrecknisse, noch durch trügerische Hoffnungen aus seiner eingeborenen Bahn gelenkt wird!

O nur einen Weg noch einmal zurück! Noch einmal zwanzig und dann von Neuem anfangen! Wenn es sein musste als Fabrikarbeiter, Lokomotivheizer oder amerikanischer Hinterwäldler.

Nie hatte Brandt so tief auf den Grund des Faustischen Verjüngungstrankes geblickt, wie in dieser Stunde schmerzlichster Selbstzerfleischung. Wahrlich, ihm wäre es nicht auf den Tropfen Blut aus seinem Finger angekommen, wenn er sich mit dem Wechsel auf das Jenseits die Fülle irdischer Gesichte hätte erkaufen können! Aber die Zeiten waren vorbei, wo der Dämon erschien, um Sterblichen den Becher der Erneuerung zu kredenzen und sie Helenen in jedem Weibe sehen zu lassen.

Und doch, war dies nicht das einzige Mittel, um wenigstens auf Stunden sich selbst zu entrinnen und in kurzer Sammlung neue Kräfte zum bitteren Kampfe mit dem eigenen Ich zu schöpfen? Wenn kein Gott und kein Teufel sich erbarmten, so musste der Mensch in seiner Qual selbst zum Tranke des Vergessens greifen und ausatmend seinen Kopf an Weibesbrust legen.

Eine große Leidenschaft – ja, das war es, was ihn retten konnte! Eine große Leidenschaft, die ihm wieder Lebensinhalt gegeben hätte, und mit dem Inhalt auch den schmerzlich-süßen Drang, ihn zu gestalten, mit dem Druck von außen den Gegendruck von innen, woraus der zeugende Funke der Kunst entspringt und all ihre leuchtenden Farben aufblitzen, das bunte Regenbogenspiel auf dem tiefen, satten Untergrund des Lebens. O wie lange, wie unabsehbar lange hatte der Gott in ihm geschwiegen! War er denn wirklich für immer gestorben? Erweckte nichts, nichts ihn mehr aus seinem Todesschlaf?!

Er umschloss mit beiden Händen den brennenden Kopf und presste ihn zusammen wie im Schraubstock, aber von innen klang nur das eine dumpfe Wort: »Tot!«, und widerhallend abermals: »Tot!«

Gewaltsam lenkte er den Blick von seinem Innern auf die Außenwelt und sah erwachend um sich. Er befand sich wieder in der Nähe seiner Wohnung. Wie zufällig fiel sein Blick in die spärlich beleuchtete Plätterei, wo er seine Wäsche hinzuschicken pflegte. Für gewöhnlich gab es dort nichts, was ihn hätte reizen können. Es war ein enger, niedriger Keller, in dem bei trübseligem Lampenlicht zwei alte Frauen, eine Mutter mit ihrer buckeligen Tochter, ihr Wesen trieben. Brandt hatte, seiner Wäsche wegen, sich schon manchmal in die Höhle der beiden Hexen verirrt und sich stets schleunig wieder in das freundliche Tageslicht zurückgezogen. Aber heute wurde er eines ganz ungewohnten Anblicks gewahr. Er blieb stehen.

Es waren nicht zwei Personen wie sonst, sondern drei, die da standen und bügelten, und diese dritte war ein schlankes, soweit er unterscheiden konnte, noch junges Mädchen von leichten, gefälligen Bewegungen. Er trat verwundert näher und blinzelte durch die feucht angelaufenen Scheiben der Kellertüre. Das Mädchen war gerade nach hinten zum Ofen gegangen, sodass man nur undeutlich ihre Umrisse sah. Jetzt kam sie schnell zurück, in der Rechten eine Zange, womit sie den glühenden Bolzen gepackt hielt, während sie links nach dem Bügeleisen griff und mit kurzem Ruck den Deckel aufklappte. Jetzt in kühnem Schwung den funkenstiebenden Bolzen zur Öffnung geführt, sodass es aussah, als drehe sich ein Feuerrad im Kreis, klapp hinein und wutsch! den Deckel zugeschoben! Alles das Werk weniger Sekunden, aber sie hatten genügt, den im Dunkel verborgenen Betrachter ganz mit dem Bilde des jungen blühenden Mädchens zu erfüllen.

Sie mochte etwa zwanzig Jahre sein. Ihre jugendlich volle, ebenmäßige Brust ging lebhaft auf und nieder. Das Glühlicht des Bolzens zuvor, und jetzt, wie sie sich angelegentlich wieder über ihre Arbeit bückte, der Schein der niedrigen Tischlampe beleuchtete ihr weiches Kindergesicht und die länglich-runden, von Arbeitseifer geröteten Wangen. Ihr blondes, glattes Haar war hoch zurückgekämmt und hinten aufgesteckt, die Gestalt elastisch schlank und eher groß als klein. Im Ganzen hatte die Erscheinung wenig von der berufsmäßigen Derbheit einer Plätterin, so gesund und frisch in Formen und Bewegungen sie sich auch gab.

Möglich, dass sie aus einer andern Atmosphäre stammte und nur zum Lernen hier war.

Mit eins hatte Brandt eine seltsame Anknüpfung gefunden. Das Mädchen erinnerte ihn an Maria, wie er sie einst gekannt hatte, in den ersten Zeiten ihres Liebesglückes. Bald waren zehn Jahre seitdem vorbei. Damals war sie ein blutjunges naives Landkind gewesen mit der jugendwarmen Fülle der ersten jungfräulichen Entwicklung, geistig und körperlich gleich unberührt, eine knospende Rose, deren feiner, diskreter Duft doch schon Entfaltung über Nacht und nahe Blüte ahnungsvoll verriet. Und jetzt nach so manchen Jahren, da jenes süße Menschenbild längst in Moder zerfallen war, sollte es in seiner rührenden Urgestalt wieder aus dem Staube der Vergangenheit aufgetaucht sein und abermals, vielleicht verhängnisschwer, seinen Weg kreuzen?

War es Täuschung? War es Wirklichkeit? Brandt presste sein Gesicht dichter gegen die Scheiben und starrte in das ärmliche, düstere Interieur mit den drei schweigend plättenden Frauen, wie geblendet von einem seligen Lichtstrahl, der aus ferner, ferner Zeit herüber vor seine Füße fiel. Erinnerte das im Drang der Arbeit gefällig hin und her bewegte Mädchen da unten denn wirklich an die jugendschöne Maria, so wie sie ihm damals erschienen war und in seiner Erinnerung fortlebte? Ja und nein! In Bewegung und Gestalt, in manchen Zügen des Gesichtes und besonders in der Kindlichkeit des Ausdrucks war wohl eine flüchtige Ähnlichkeit zu lesen, und doch fehlte wieder das, was einst dem Urbilde erst den schönsten Reiz verliehen hatte: die Seele, die durch alle Verschleierungen sichtbar gewesen war, die süße Poesie, irgendein stiller Zauber oder was es sonst nur war. Lag es vielleicht daran, dass er Maria zum ersten Male in dem feuchten, milden Dämmerlichte eines Frühlingsabends erblickt hatte, während jetzt die Nachbildung in der düstergelben Beleuchtung einer blakenden Petroleumlampe an einem rauen Novemberabend vor ihn hintrat? War es wirklich nur der Einfluss der anderen Umgebung? Oder kam es am Ende daher, dass nichts in der Natur sich wiederholte und der Reiz des Originals durch keine spätere Kopie mehr übertroffen werden konnte? Schwermütiger Gedanke mit allen seinen bitteren Konsequenzen!

Brandt zuckte schmerzlich zusammen. Es war wohl so. Nur der erste flüchtige Eindruck der Erscheinung hatte ihn übermannt. Beim näheren

Hinschauen gab sich alles anders. Sinnestäuschung, weiter nichts! Das plättende Mädchen war ein hübsches, frisches Geschöpf, aber mit dem Bilde seiner Jünglingszeit besaß es keine Spur von Ähnlichkeit.

Er zog hastig den Kopf von den kalten, feuchten Scheiben der Kellertür zurück und wollte im Dunkel verschwinden, da gewahrte er, dass man unten auf ihn aufmerksam geworden war. Die bucklige Tochter näherte sich der Treppe, wie um nachzuschauen, die Alte drehte unwillig den Kopf zur Tür, ohne jedoch das Bügeleisen aus der Hand zu lassen, und jetzt, was war das? Er sah ganz deutlich, wie das junge Mädchen einen Augenblick in der Arbeit innehielt und, von den beiden anderen unbeachtet, mit der Linken zur Treppe hinauf ihm zuwinkte und dabei leise lächelnd nickte.

Was war das? Brandts Herz begann schneller zu schlagen. Galt das Zeichen ihm?

Schon klapperte die Kellertür, und die Bucklige lugte mit vorgehaltener Hand in die Nacht hinaus. Umsonst! Von dem unberufenen Zuschauer war nichts mehr zu erspähen.

Brandt hatte sich in dem Schatten eines gegenüberliegenden Haustores versteckt und lachte vergnügt in sich hinein, wie er die giftige Person verdrossen die Kellertür zuschlagen und in die Unterwelt abziehen sah. Da in der engen Straße die Häuser sich ziemlich dicht gegenüberstanden, so konnte er aus seinem Hinterhalte den Keller bequem überschauen und die Vorgänge dort unten Zug um Zug verfolgen.

Er brauchte nicht lange zu warten. Beim ersten Schlag der zehnten Stunde, der von der Turmuhr der nahen Pfarrkirche durch die Nacht zitterte, kam Leben in den mechanischen, uhrwerksmäßigen Arbeitsgang da unten. Man rüstete zum Feierabend. Die Plättbretter wurden abgeräumt, die Bügeleisen beiseite gestellt, das junge Mädchen ließ erschöpft die Arme am Körper heruntersinken und atmete tief auf, die beiden Alten aber fassten einen hoch mit Wäsche gehäuften Korb rechts und links bei den Henkeln und trugen ihn resolut über die Treppe zum Keller heraus und gleich rechts durch das geöffnete Haustor nach ihrer Wohnung hinein.

Jetzt hieß es handeln! Im Nu war Brandt über die Straße weg und stand an der Kelleröffnung. Die Junge befand sich allein. Sie hatte bereits ihren Kapotthut aufgesetzt und schlüpfte gerade in das dunkle, eng anliegende Tuchjackett. Der Versucher stieg langsam und äußerlich

118

gleichgültig die Treppe hinab, als sei er ein Kunde, der noch eine Bestellung zu machen habe. Das Mädchen drehte sich um, als es seine Schritte auf der Treppe knarren hörte.

»Mein Gott! Bin ich erschrocken!«, stieß sie heraus und legte die Hand aufs Herz. Dabei sah sie ihn so rührend hilflos mit ihren blauen Kinderaugen an, dass ihm ordentlich weich und warm zumut wurde. In dieser Verfassung hatte sie nun wieder ihren eigenen Reiz, und auch jene Ähnlichkeit, die Brandt zuerst so seltsam angezogen hatte, trat schärfer hervor.

»Warum denn erschrocken?«, fragte er lächelnd und schüttelte den Kopf. »Haben Sie mich denn nicht vorher draußen stehen sehen? Sie haben mir ja doch zugewinkt ... Oder galt das jemand anderem?«, setzte er stirnrunzelnd hinzu.

Jetzt war das Lächeln an ihr.

»Ach, *Sie* waren der Herr?«, meinte sie und nestelte an ihrem Jackett weiter. Sie war ganz rot geworden. Wie mit Blut übergossen stand sie vor ihm.

»Ja, ich! Allerdings! Wer sonst?«, fragte er unmutig weiter, denn er hatte schon etwas an ihr gefunden, was er nicht gerne einem anderen gegönnt hätte.

»Mein Bruder kommt immer mich abholen«, gab sie einfach zurück, »da hab ich Sie für meinen Bruder gehalten. Sie müssen's mir schon nicht übelnehmen. Ich bin so furchtbar kurzsichtig. Kaum von hier bis da kann ich einen erkennen. Sonst hätt' ich Ihnen doch nicht zugewinkt! Sie müssen mich für schön frech halten.«

Dabei stieg sie langsam die Kellertreppe hinauf, und Brandt gesellte sich an ihre Seite.

Auf seine Bitte, sie begleiten zu dürfen, da doch ihr Bruder ausgeblieben sei, erwiderte sie ruhig lächelnd: »Wenn es Ihnen angenehm ist«, und gab auch sonst auf seine Fragen nur kurze, aber bescheidene Antworten.

Brandt erfuhr daraus, dass sie vom Lande, von der Insel Rügen, stamme und erst seit Kurzem an Ort und Stelle sei. Ihre Eltern, ehrsame, ganz wohlsituierte Bauersleute, hatten die Tochter hierher zur Tante geschickt, damit sie auch einmal fremder Leute Brot essen lerne und gleichzeitig unter sicherer Obhut sich im Kochen, Nähen und sonstigen guten Dingen vervollkomme. Nach einem Jahre sollte sie dann in die saatengrüne, meerumbrauste Inselheimat zurückkehren und alsbald die mit allen Wirtschaftskünsten vorgesehene Hausfrau eines braven Jungen von Nachbarssohn werden, mit dem sie schon seit der Säuglingszeit so gut wie verlobt war.

Aber Marianne – dies war der Name der zukünftigen Braut und wahrscheinlichen Stammutter eines zahlreichen Bauerngeschlechtes –, die liebe Marianne mochte von Hause her als einzige Tochter nicht wenig verwöhnt sein und hatte gleich in den ersten Tagen ihres neuen Aufenthaltes einen beträchtlichen Trotzkopf gegen die werte Verwandtschaft aufgesetzt.

Es hatte ein böses Für und Gegen abgesetzt, und das Ende vom Liede war, dass Mariannchen der unfreundlichen Tante einfach durchgebrannt war.

»Es war ja sehr unrecht von mir, dass ich so mir nichts dir nichts ausgerückt bin«, gestand sie zwar, »aber mit Klara und Jenny war es schon rein nicht zum Aushalten.«

Klara und Jenny hießen nämlich die beiden bösen Cousinen, die all das Unheil angerichtet hatten. Denn das hätte es wohl werden können, da Marianne zwar ganz gut auf den elterlichen Äckern und Wiesen Bescheid wusste, dafür aber umso weniger mit den Verhältnissen einer Großstadt vertraut war. Ihre Kenntnisse beschränkten sich auf die allerallerneuesten Anfangsgründe, dass es nirgends so viel schlechte Menschen wie hier gebe, und auf ein daher stammendes, allgemeines und grundsätzliches Misstrauen, was sie aber nicht verhinderte, dem wildfremden Herrn an ihrer Seite ganz naiv ihre Lebensgeschichte zu erzählen.

Brandt amüsierte sich köstlich, wie sie sich eine Einzelheit nach der andern von ihm herauslocken ließ und dabei immer überzeugt war, dass jeder zweite Mensch, der ihr auf der Straße begegnete, zum Mindesten jeder zweite Mann, so etwas wie ein Menschenfresser und Ungeheuer, jedenfalls aber ein gefährlicher Mädchenverführer sei, vor dem man sich nicht genug in Acht nehmen könne. Denn so hatten sie es ihr zu Hause in Rügen gesagt, wo sie es doch kennen mussten, und eben darum, weil sie dies wusste und also gewarnt war, fühlte sie sich auch so sicher und hatte nicht die geringste Befürchtung, dass jemand und nun gar der, der neben ihr ging, ihr irgendetwas antun könnte.

»O du Kind!«, dachte Brandt, halb belustigt, halb gerührt. »Du großes, großes Kind! Du hast keine Ahnung, wie naiv du bist! Wenn du wüsstest, wen du an deiner Seite hast! Und kannst schließlich noch froh sein, dass du keinem andern in die Hände gefallen bist!«

»Hatten Sie denn keine Angst, als Sie so fortliefen, Fräulein Marianne?«, fragte er lächelnd. »Ei, wenn Sie da so ein böser Mensch aufgegriffen hätte?«

»Ach nein!«, meinte sie ruhig und sicher. »Was soll mir geschehen? Mir kann kein Mensch was tun. Ich weiß schon, dass man hier keinem Menschen auf sein Gesicht glauben darf. Wozu hab ich denn meinen Bruder gehabt? Ich bin gleich zu dem hingelaufen.«

»Richtig! Der Bruder! Das war freilich ein Glück, dass Sie den hatten! Na, und was hat der gesagt? Hat er Sie nicht tüchtig hergenommen?«

Das hatte er allerdings getan, aber zur Tante zurückgebracht hätte sie kein Mensch, auch nicht der Bruder, nicht einmal die Eltern selbst! Was die freilich zu der ganzen Geschichte sagen würden, stand noch dahin. Benachrichtigt waren sie jedenfalls schon. Aber ehe man sich zu Hause zum Briefschreiben entschloss und sich dann auch wirklich an den wackligen Tisch setzte und den Federhalter in die steifen Finger nahm, da musste schon ein besonderer Feiertag kommen. So hatte sie denn im Einverständnis mit dem Bruder vorerst ein kleines, aber hübsches Zimmerchen weiter draußen gemietet und war in die Plätterei bei den beiden Alten eingetreten, um sich zu dem Geld, das sie noch von Hause mitgebracht hatte, ein paar Groschen dazu zu verdienen. Das reichte zum Leben, und mehr wollte sie nicht. Sie konnte sich ganz allein durchhelfen, brauchte keine Tante und niemanden.

Eine stolze Freude, auf eigenen Füßen zu stehen, verklärte ihr hübsches Gesichtchen, wie sie nun Brandt die Hand gab und sich für seine Begleitung bedankte, denn sie waren glücklich an dem Hause, wo sie wohnte, angelangt.

»Auf Wiedersehn!«, rief ihr Brandt zu und verabschiedete sich mit einem warmen Händedruck.

»Aufs Wiedersehn!«, sagte sie freundlich und ging ins Haus.

Brandt stand noch einen Augenblick und hörte, wie sie das Tor verschloss.

Dann machte er sich still seufzend auf den Heimweg.

2.

Acht Tage waren seitdem verflossen, in denen sich die Bekanntschaft befestigt hatte, ohne doch vorerst weiter zu führen, als zu einem sittsamen Kuss auf den Mund, des Abends unter dem Haustor, wenn man sich Adieu sagte. Aber selbst dabei war es nicht ohne gelinden Zwang abgegangen, allerdings nur beim ersten Mal. Später hatte Mariannchen sich nicht weiter gesträubt, sondern den bewussten Kuss gleichsam als eisernen Inventarbestand ihres Verkehrs willig hingenommen und ihn schließlich gar nicht so übel gefunden, da sie ihn zuerst zwar nur schüchtern, bald aber ganz herzhaft und fast innig erwidert hatte.

So sah man doch einen Fortschritt, so langsam es ging, und konnte sich seine Hoffnungen machen. Wirklich war er gestern denn auch ein gutes Stück vorwärts gekommen.

Mariannchen teilte ihre Abende gewissenhaft zwischen dem Liebsten und dem Bruder, sodass abwechselnd heute an den einen, morgen an den andern die Reihe zum Begleiten kam, und an den Abenden, wo Brandt der Beglückte war, irgendein Vorwand, bald ein Besuch bei einer Freundin, bald späte Arbeit oder dergleichen herhalten musste, um den Störenfried von Bruder fernzuhalten. Dabei war aber immer die Gefahr, dass der argwöhnische Mensch, der als Techniker in einer Fabrik angestellt war und die Abende meistens frei hatte, Verdacht schöpfe und sich auf die Lauer lege, um einmal dahinter zu kommen, wer ihn denn eigentlich jeden zweiten Tag in seinen Funktionen ablöse.

So konnte er jeden Augenblick, hinter einem beliebigen Laternenpfahl oder einer Anschlagsäule hervor, aus dunklen Haustoren oder um Straßenecken herum, wenn nicht gar aus dem Schatten eines Kirchenportals, als rächender Engel vor die beiden mehr und mehr verliebten Sünder hintreten, und diese bange Nähe der Gefahr hatte nicht wenig dazu beigetragen, in Brandt und vielleicht auch in Marianne den Reiz der Situation zu erhöhen und die beiden eigensinnigen Köpfe erst recht im Festhalten an dem einmal begonnenen Abenteuer zu bestärken.

Gestern war nun das langerwartete Unheil in Gestalt des eifersüchtigen Bruders tatsächlich auf den Schauplatz getreten und wohl eine halbe Stunde lang vor der Plätterei auf und ab patrouilliert. Mariannchen, die gerade im Begriff gewesen war, ihr Bügeleisen fortzustellen, hatte bei aller Kurzsichtigkeit ihn zum Glück noch rechtzeitig erspäht und sofort unter irgendeinem Vorwand sich mit verdoppeltem Eifer über ihre Kragen und Hemden gemacht, als wisse sie auf der Welt von nichts anderem als ihrer Arbeit, am allerwenigsten aber von einem brüderlichen Aufpasser oben auf der Straße. Da mochte dieser Vertrauen geschöpft haben und war seines Weges gezogen.

Für dieses Mal war das Verderben noch glücklich abgewandt.

Aber der Schreck saß der listigen Betrügerin doch in allen Gliedern, als sie nun in Hut und Mantel neben Brandt auf der Straße stand und ängstlich sich nach allen Seiten umsah, ob der Feind nicht vielleicht eine Falle gestellt habe und ehestens wieder um die Ecke biegen werde. Erst nach einer ganzen Weile, da sie schon einige Straßen entfernt und auf einem anderen Wege als sonst hinschritten, hatte sie sich wieder gesammelt und zum ersten Male den ihr gebotenen Arm ihres Begleiters angenommen.

Mochte es nun die ausgestandene Angst oder was sonst sein. Brandt fühlte, wie sie sich dicht und dichter an ihn drängte und fast willenlos an seinem Arm hing. Da bei dem warmen Druck ihres schwer atmenden Busens hatte er sie um ein Stelldichein unter vier Augen gebeten, und sie hatte nicht nein gesagt. Sie hatte nur schwach genickt und sich an seine Schulter gelehnt, mit allem, was er tun würde, einverstanden. Aber nicht heute Abend! Morgen würde sie den ganzen Tag frei haben und nicht ins Geschäft gehen. Da könnten sie, wenn es ihm angenehm sei, sich treffen und vielleicht einen Ausflug ins Freie machen.

Dem hatte er sich seufzend gefügt, so schwer es ihm auch wurde, denn er hätte sie am liebsten nicht mehr aus seinem Arm gelassen, aber er sah wohl ein, dass gegen ihren Willen nichts auszurichten sein werde, und wollte ihren Trotzkopf nicht von Neuem wecken. Wieder hatten sie sich unter dem Haustor getrennt, diesmal mit glühendem Händedruck und feuchten Blicken.

Das war gestern gewesen. Heute also war der glückliche Tag gekommen, wo vielleicht seinen Wünschen Erfüllung würde. Und wem hatte er das zu danken? Dem Dazwischentreten des feindlichen Bruders, ohne das er sich vielleicht noch lange hätte gedulden müssen. So hatte sich das Übel am Ende in Glück verkehrt.

Brandt saß am Schreibtisch, in seinen Stuhl zurückgelehnt, die Feder wie bewusstlos in der Hand, und starrte vor sich hin. Das Übel hatte sich am Ende in Glück verkehrt!

Und wenn nun am letzten Ende das Glück sich wieder in Übel verkehrte? Besitzen wollte und musste er sie, nachdem es einmal so weit gekommen! Vielleicht wäre es besser gewesen, es nicht dahin kommen zu lassen, das Mädchen überhaupt nie zu sehen, aber das Geschehene war nicht rückgängig zu machen. Jetzt wäre er sich als der verächtlichste Schwachkopf unter der Sonne vorgekommen, wenn er noch zurückgetreten wäre. Nein, davon kein Wort! Eine Frucht, die ihm in den Mund hing, nicht abpflücken? Verbrechen an sich selbst und mehr noch an der, die gepflückt sein wollte! Hatte er angefangen, so musste er auch zu Ende gehen, koste es, was es koste!

Aber war es denn mit dem Genusse abgetan? Hieß die Frage nicht gerade: Was nachher? Fing das Leiden nicht da erst an? Verwünschte Zweifelsucht, die ihm das schönste Glück im Voraus vergiftete, die ihn in der süßesten Frucht schon den Wurm ahnen ließ! Und doch, wer konnte wider sich selbst? Wer brach den Zwang der ehernen Gesetze? Von außen und von innen zugleich, aus der lebendigen, greifbaren Welt der Erscheinungen und aus dem eingebornen dunklen Ich, aus tausend unerforschten Quellen rannen die Tropfen ineinander und vermischten sich untrennbar und unerkennbar zu dem mächtigen Strom, der durch eigene Wucht Schritt um Schritt vorwärts sich sein Bett grub und so naturnotwendig die Bahn durchs Leben dahinzog. Nun hielt ihn nichts mehr auf, nichts lenkte ihn ab, und wenn die Erde sich vor ihm auf tat, er musste hinunter ins bodenlose Unbekann-te, auf Nimmerwiederkehr, all das blühende glückliche Leben mit sich reißend, das seinem Schicksal ahnungslos sich anvertraut hatte.

Und er sah ihn nah und näher rücken, jenen letzten, schwersten, höchsten Augenblick. Dort die unergründet dunkle Tiefe, die war es! Unerbittlich zog sie ihn zu sich heran. Da lag sie nur wenige Schritte vor ihm, auf Atemsnähe entfernt. Er erschaute den Abgrund dicht zu seinen Füßen. Er hatte keine Wahl, er mochte wollen oder nicht! Sei es drum! Nur kein langes Zaudern und Sichbesinnen! Fest zum Sprunge angesetzt, den kurzen Rest des Wegs mit einem Satz durch-messen, die Augen geschlossen und bewusstlos hinunter! Drunten ruhte sich's weich und sicher und ungestört. Friede dem Friedlosen!

Brandt stand langsam von seinem Sitz am Schreibtisch auf und trat ans Fenster. Er war gefasst wie nie und sah mit stiller Heiterkeit dem Unabänderlichen ins Auge. Keine Angst vor dem Ende schreckte ihn mehr. Die große feierliche Ruhe war über ihn gekommen, die angesichts des Ewigen in die Menschen einzieht. Er sah die Schleier gehoben vom Wesen der Dinge und fühlte mit süßen Schauern, wie die Tragik alles Daseins ihn eisig anwehte. Fremdes Leid und eigener Schmerz erstarben gemeinsam unter ihrem Hauch. Erhabenheit breitete die nächtigen Schwingen über den verloren sinnenden Mann am Fenster aus.

Wie die letzten Blätter aus der breiten Lindenkrone sacht zu Boden sanken! Ein Frost war wohl über Nacht dahingezogen, dem fielen sie, wie die Wärme wiederkam, zum Raube, die verschrumpelten, zusammengerollten Blättchen, so winzig und unscheinbar in ihrer saftlosen Dürre, und ein jedes doch eine Welt für sich, die nun auf immer in Asche und Moder sank! Und der Sonnenball da drüben über dem Kirchendach, so hoch er stieg und so majestätisch er über alles Irdische hinwegstrahlte, auch er würde ausgebrannt einst fallen müssen, wenn seine Uhr abgelaufen wäre, und würde eine ganze Schöpfung, die sich von seinem Glanze kleidete und nährte, im Sturze mit sich reißen.

Und er, der staubgeborene Erdenmensch, der zwischen dem Blättlein und dem Weltkörper in der Mitte stand, als ein einzelner Ring nur in der großen Kette, er wollte sich auflehnen gegen das allmächtige Gebot, das sie alle verbunden zum Untergang zog? Er verlangte Schonung, Barmherzigkeit, wo Gott und Tier gemeinsam litten? Lästerung schon der Gedanke! In Zukunft nichts mehr von Mitleid mit sich und allen denen, die auf gut Glück ihr Schicksal mit dem seinen verknüpft hatten!

So schloss er seine Betrachtungen und begann mit harten Schritten im Zimmer auf und ab zu spazieren. Von seinen Lippen summte es leise, zerrissene, feierliche, verträumte Takte in jähem Wechsel. Da waren die inneren Stimmen wieder, der bedeutungsschwere Gesang aus der Tiefe, dem er so gern sein Ohr neigte, weil er Ideen und Gestalten und goldenen Klang aus verborgenen Quellen mit sich herauf ans Licht führte.

Nach einer langen Weile, da er so gelauscht und gelauscht hatte, setzte er sich auf das Sofa und reckte tief aufatmend die Arme gen Himmel. Unklar noch in den Einzelzügen und doch schon scharf vom dunklen Hintergrunde abgezeichnet, sah er sich selbst und sein rätselhaftes Erdenschicksal, als sei es losgelöst von dem sinnenden Betrachter und wandle nach eigenem Gesetz, aufbauend, zerstörend, mit fremden, schattenhaften Gestalten ineinanderwebend und wieder zerfließend, um von Neuem zusammengeballt zu erscheinen, wie huschende Wiesennebel an einem frühen Herbstmorgen.

So wollte er sich von sich selbst befreien und erlösen. Schon jetzt, im Ahnen und Von-ferne-Schauen, fühlte er, wie der Druck sich leise, leise von seiner Seele löste und gleich einem Morgenwölkchen zur Sonne stieg.

Da sprang er auf und breitete die Arme zu sehnsüchtigem Umfangen.

»Mariannchen! Mariannchen!«, jubelte es in ihm. »Heut' wirst du mein! Heut' küss ich deinen roten Mund, hundertmal für eins! Heut' bin ich noch einmal jung! Lachende Sonne und linde Luft und ein jungfrisch Mädel an seliger Brust! O tolle Welt! O Glückstag, Glückstag für den alten Menschen!«

3.

Es war ein Uhr, als Brandt von seiner Wohnung zur Tiefe hinabstieg und leise trällernd aus der stockig kühlen Dämmerung des Hauses in das warme Sonnenlicht der Straße trat.

Ein goldener Novembermorgen war heraufgezogen. Nach manchem trüben und rauen Tage leuchtete die Sonne wieder rein und warm vom wolkenlosen Himmel. Diese ganze gewaltige Stadt mit ihren unabsehbaren gelblichen Häusermauern lag da in Glanz getaucht, in jenen schmerzlich süßen Spätherbstglanz, der nur noch wie ein zarter, flüchtiger Hauch die Luft durchzittert, wie ein ferner, schnell verwehender Ton aus einer alten, schwermütigen Weise vom Abschiednehmen und vom Sterben.

Und überallher klingt es leise wieder und rüstet sich müde lächelnd zum Scheiden und Vergehen. Lautlos sinken die letzten Blätter von den Bäumen, plötzlicher Todeshauch scheint sie dahinzuraffen. Kein Lüftchen rührt sich. Kein Vogel zieht am mattblauen Firmament dahin. Wie ein großes, verträumtes Auge ruht die Sonne auf niedriger Bahn über der abgeblühten Erde. Es ist, als halte die Natur den Atem an, in unsäglichem Weh, dass wieder ein Geschlecht ihrer liebsten Kinder den Myriaden Vorausgegangenen ins dunkle Erdengrab nachfolgen soll. Rastlos zeugend und gebärend hat sie sprießen und grünen, aufschießen und blühen lassen, und nun muss all dies lobpreisende, jubilierende Leben unbarmherzig wieder hinab in den verschlingenden Mutterschoß, weil seine Spanne Zeit erfüllt ist und schon ein keckes neues Geschlecht aus der Tiefe sich zum Lichte emporringt.

Ob die urewige Mutter des alten Kreislaufs nicht endlich einmal müde wird, sich nach Schlaf und Ende sehnt? Wozu dies ruhelose Einerlei, dies äonenlange Vernichten und Wiederschaffen, nur um von Neuem vernichten zu können? Wie eine wehmütige Frage liegt es in der stillen, milden Luft, und der matte Novembersonnenschein lächelt traurig dazu. Mutter Natur will sterben gehen. Da gedenkt sie noch einmal, zum letzten Mal, der tausend bunten Farben, womit sie einst ihre Kinder schmückte, und ein Schimmer der Erinnerung übergießt das verwelkte und verwitterte Angesicht. Morgen aber, morgen wird alles grau und tot sein, und die Wasser werden eiliger unter den schnell wachsenden Eiskristallen dahinschießen.

Nur dieses flüchtige Heute, vom späten Aufgang bis zum zeitigen Untergang, gehört noch dem scheidenden Herbste mit all seiner milden Güte. Das wissen die Menschenkinder. Darum verkürzen sie ihre hundertlei Arbeiten in Werkstätten und Büros, in dumpfen Kontors und finstern Hofstuben, in feuchten Kellern und zugigen Mansarden, überall wo sie nur können, und eilen, aus der atembeklemmenden Enge rauchgeschwärzter Häusermauern hinauszupilgern in das sonnenweite Land, wie man wohl alles im Stich lässt und sich auf den Weg macht, wenn die Kunde kommt, der liebste Freund gedenke zu sterben und entbiete dir seinen Scheidegruß. Wenn du seine lieben Züge noch sehen willst, mach schnell! Der Tod zaudert nicht. Und du trittst eilends an das Sterbelager. Da ruht der Scheidende, feierlich ernst, mit jenem letzten Lächeln in den Augen, dass nun das Spiel ein Ende haben wird. Tröste dich, mein Freund! scheint es wortlos zu künden, noch ein paar Stunden, und all dies Auf und Nieder ist überstanden. Noch heute Abend werde ich im Paradiese sein. Und du weißt nicht, sollst du weinen, sollst du mit ihm lächeln und ihn beglückwünschen. Leb wohl! flüsterst du am Ende, im ewigen Kreislauf kehrt ja alles zurück. Warum nicht du und ich?

»Warum nicht du und ich?«, wiederholte Brandt wie mechanisch und zog traumverloren seines Weges fürbass. Seit acht Tagen war er ihn oft genug gewandert und kannte die Richtung kreuz und quer, ohne erst mit den Gedanken aufmerken zu müssen. Die irrten weitab von den unermüdlich wechselnden und doch immer gleichen Bildern, die an seinen körperlichen Augen vorüberzogen. Nur wie ein Hauch drang es von alledem zu seinem Geiste, sodass er an jeder Ecke, an jedem Knoten des Straßengewirres zu sagen wusste, wo er sich befand, und bei aller Versonnenheit doch gleichsam die Atemzüge des rings ihn umrauschenden Lebens hingenommen einsog.

So kam er langsam bis in die Gegend von Mariannens Haus. Schon von Weitem sah er sie am Tore lehnen und an ihren Handschuhknöpfen nesteln. Da war mit einem Ruck die Träumerei wie eine Mantelkappe abgeworfen, die lange die Freiheit seiner Glieder gehemmt hatte. Stolz und kühn richtete sich sein Kopf in die Höhe. Alle seine Sinne spannten sich auf das eine süße Ziel, so nahe seinen Augen und doch der ungeduldigen Sehnsucht wer weiß wie fern!

Und jetzt! Siehe da! Jetzt hatte sie ihn bemerkt. Verschämt ließ sie den Kopf auf die Brust sinken und machte ein paar hastige Schritte auf Brandt zu. Dann aber, als gereue es sie noch im letzten Augenblick, blieb sie wieder stehen und schien unschlüssig nach einem Ausweg zu suchen. Aber Brandt war schon mit einem Sprung an ihrer Seite.

»Zu spät, Fräulein Marianne!«, rief er vergnügt. »Sie wollen mir wohl durchbrennen, wie Ihrer Tante? O nein, mein liebes Kind! So leicht kommen Sie mir nicht aus …!«

Er streckte ihr seine Hand entgegen, in die sie zögernd ihre frisch behandschuhten Fingerspitzen hineinlegte.

»Fingerspitzen werden nicht angenommen!«, erklärte er streng. »Sie wissen ja, wer dem Teufel den kleinen Finger gibt … Jetzt hübsch die ganze Hand! Die zwar nicht sehr kleine, aber liebe Hand!«

Da ließ sie es denn willig geschehen, dass er ihre hübsch geformte, wenn auch von der Arbeit vergröberte Rechte zwischen seine beiden Hände nahm und sie kräftig drückte.

Sie waren während des Gespräches langsam dahinspaziert, ohne weiter des Wegs zu achten. Jetzt verließen sie Mariannens Straße und bogen um die Ecke.

Brandt hatte seinen schweren, braunen Überzieher weit geöffnet und sog in tiefen Zügen die schmeichelnd milde Luft, die ihm Stirn und Hals umkoste. Es war ihm heiß geworden unter der dicken Hülle. Er nahm seinen Hut ab und schwenkte ihn lustig in die Höhe.

»Ist das nicht wie ein Frühlingstag heute? Sagen Sie selbst, Mariannchen! Ist das nicht wie ein Frühlingstag?!«

Sie nickte nur stumm und sah ihm freudig lächelnd in die Augen. Ihr feines und dabei doch frisches Gesicht war von Luft und Sonne zart gerötet. Ein warmer Schein von Glück lag über den ebenmäßigen Zügen und der wohlgewachsenen Gestalt.

Ein blühend frisches Landkind mit vollen, rosigen Wangen, aus Fleisch und Blut und gesunden Knochen fest gefügt, schritt sie sicheren, aufrechten Ganges im klaren Vormittagssonnenschein an seiner Seite. Tiefblondes, schlicht gescheiteltes Haar umschloss den ovalen Kopf, die keck gezogenen Augenbrauen, die wie zwei dunkle Striche den lichten, durchsichtigen Untergrund nur umso schärfer zur Geltung brachten, und das kurze, rundgestumpfte Näschen mischten die gehörige Portion Eigenwilligkeit und Schelmerei in den jungfräulichen Gesamteindruck der Erscheinung.

Ja, es war eine Täuschung, dass sie ihn an Maria erinnerte. Dieses ruhige, gesetzte Wesen bestand zu eignem Recht. Ein Zug von Besonnenheit und Verständigkeit trat immer wieder hervor, der der leidenschaftlichen Maria gefehlt hatte. Aber hatte nicht gerade jene bedingungslose Hingebung, die ungestüm alle Rücksichten hinter sich warf, so recht den Funken in ihm entzündet, aus dem die Leidenschaft mächtig emporgeschlagen war? Nein, zwischen damals und heute gab es nicht die entfernteste Berührung! Einst ein flammendes Gedicht! Ein heißer Schrei ineinanderstürzender Seelen! Heute eine nüchterne Unterhaltung! Ein banaler Zeitvertreib!

Er fuhr sich mit der Hand über die Stirn, wie um die Erinnerung fortzuwischen, die da innen nicht weichen wollte.

Seine Augen verloren sich in dem milden, glanzlosen Sonnenschein, der vor seinen Füßen über das helle, kalte Steinpflaster gebreitet lag.

»Wie ein Frühlingstag!«, wiederholte er mehr für sich, und dann zu Marianne gewandt, mit melancholischem Lächeln:

»Und doch ganz anders! Ach, ganz, ganz anders! ... Glauben Sie *mir*, Mariannchen!«

Sie verstand ihn nicht und sah ihn nur scheu von der Seite an, erstaunt über den düster fremden Klang seiner Stimme.

So schritten sie ein Weilchen wortlos nebeneinander, jedes den eigenen Gedanken hingegeben, er seiner wilden, springenden Traurigkeit, sie, das einfache, süße Geschöpf der Erde, dem harmlosen Behagen an Luft, Licht, Sonne und der langentbehrten Freiheit des Tages.

Es war eine breite, lindengesäumte Straße, die sie jetzt entlang gingen. Eine lange Prozession von Fahrzeugen zog dahin. Die Deckplätze der Straßenbahnen und Omnibusse waren Kopf an Kopf besetzt, da jedermann noch die letzten warmen Strahlen der scheidenden Herbstsonne auffangen und die vom Duft des welken Laubes gewürzte Luft in die verstäubten Lungen einsaugen wollte.

Kindermädchen schoben schwatzend ihre knarrenden Wagen mit der lebendigen Fracht durch das Menschengedränge. Die winzigen Erdenwesen, die da unter den aufgeklappten oder zurückgeschlagenen Verdecken dem Lichte entgegengefahren wurden, ahnten noch nichts vom Sinn und von der Bedeutung dieses rätselhaften Treibens rings um sie herum. Das dunkle Verhängnis des Lebens warf schon seine schweren Schatten über ihren Weg, aber sie lagen da in ihren Bettchen und Kissen mit jenem unsagbar rührenden Ausdruck von Hilflosigkeit und schliefen unberührt von Schmerz und Glück den seligen Kinderschlaf, oder sie starrten mit versiegelten Augen in das Gewirr der Tausende von Lebensläufen, von denen der eine oder der andere in unbekannter Zukunft vielleicht abermals ihre Bahn kreuzen und sich mit ihrem Schicksal verbinden würde.

Unwillkürlich erinnerte der Anblick Brandt an seine eigene verträumte Kindheit, aber er stieß die schmerzlich süßen Gedanken heftig zurück und machte eine jähe Wendung gegen Marianne, sodass sie ordentlich zusammenfuhr und einen kleinen Angstschrei ausstieß.

»Mariannchen!«, rief er und fasste das liebe Kind beim Arm. »Ins Freie! Heut' müssen wir hinaus! Bitte, keinen Widerspruch! Den letzten schönen Tag im Jahr müssen wir feiern!«

Sie wollte sich noch ein wenig sträuben, aber er hielt ihren runden Arm umspannt und presste ihn nur umso fester, je hartnäckiger sie von ihm loszukommen trachtete. Mitten unter den drängenden und stoßenden Menschen rangen die beiden den stummen und geheimen Kampf miteinander, der sich nach außen durch keine andere Bewegung verrät, als höchstens durch ein Zucken der Gesichtsmuskeln oder ein Aufeinanderbeißen der Lippen.

Plötzlich riss sich Marianne mit einem heftigen Ruck von ihm los.

»Um Himmels willen, schnell! Schnell!«

Ehe Brandt sich's versah, war sie im nächsten Hausflur verschwunden. Kopfschüttelnd eilte er ihr nach.

Richtig! Da stand sie, in die dunkle Ecke hinter dem Tor geduckt, ängstlich zusammengekauert wie ein Hühnchen, dem jeden Augenblick die Katze das Lebenslicht ausblasen kann.

Brandt trat dicht zu ihr, sodass sie beide gegen die Straße durch das Tor gedeckt waren, und streichelte ihr beruhigend mit der Hand über das schlichte Haar.

»Aber Mariannchen! Was haben Sie? Was ist passiert?«

Doch sie legte den Finger auf den Mund und winkte ihm zu schweigen. Da beschied er sich achselzuckend und wartete des Kommenden. Im Grunde war die Situation so übel nicht. Sie standen eng zusammengedrückt zwischen Wand und Tor in dem dunklen Winkel, der durch den Gegensatz des breit an der Toröffnung vorüberflutenden Tageslichtes nur undurchdringlicher erschien. Von außen her konnte kein neugieriger Blick hereinfallen, und im Hause selbst war es totenstill. Keine Schritte auf der Treppe. Niemand, der kam. Niemand, der ging. Träumerisch verschlafen lag der gepflasterte Hof, den man vom Flur aus übersah, im versteinerten Sonnenschein.

Brandt fühlte das Blut durch die Adern pulsen, aber er unterschied nicht, war es sein eigenes, war es der Herzschlag des Mädchens, das sich dicht und dichter an ihn schmiegte, bis er den warmen Atem an seinem Halse spürte und ihren Kopf an seine Brust gelehnt fühlte.

Da umschlang er mit der Rechten ihren halb ängstlich, halb zärtlich hingegebenen Leib, während er mit der Linken sanft ihr Gesicht zu sich aufrichtete und einen langen, innigen Kuss auf die willig gebotenen Lippen heftete.

»So!«, sagte er endlich, da er die süße Last noch voll in seinen Armen hielt und die rhythmische Bewegung des mädchenhaften Busens wonnevoll genoss. »Also jetzt, Mariannchen, was ist geschehen?«

Da kam es denn zuerst noch ängstlich und stockend, bald aber mutiger und sicherer heraus.

Ein Freund ihres Bruders und Landsmann aus dem Nachbardorfe, der hier bei den Soldaten stand, war urplötzlich, drei Schritte vor ihr, auf dem Trottoir aufgetaucht. War das ein Schreck! Denn der Soldat hätte gewiss die ganze Geschichte ihrem Bruder gesteckt. Wenn er sie nur nicht schon gesehen hatte!

Aber Brandt zog sie von Neuem in seine warme Umarmung und beruhigte sie lächelnd.

»Mut, Mariannchen! Mut! Und jetzt keine Widerrede! Wir fahren mit dem nächsten Zug hinaus aufs Land, denken Sie mal, in den grünen, grünen Wald! Geht Ihnen da nicht das Herz auf? Es sind zwar keine Buchen, wie bei Ihnen zu Hause, aber Wald bleibt Wald, wenn's auch Kiefern sind.«

»Um Gottes willen! Wenn sie uns sehen!«, rief sie leise. Aber er versiegelte ihre küsslichen Lippen mit den seinen und presste ihren geschmeidigen Leib nur umso heißer an sich. Was half ihr da all ihr Sträuben und Bitten und Drohen? Sie musste sich am Ende gefangen geben und sich seinem Willen verschreiben.

Aus dumpfer Häuserenge hinaus ins lichte Land! So führte er das schwindelnde Mädchen aus dem finsteren Flur, in den jetzt von den oberen Stockwerken her eilige Schritte die Treppe hinabpolterten, und durch die Scharen rastloser Menschen im Geschwindschritt zur nächsten Bahnhofshalle.

4.

Draußen war es feierlich still. Wie ein kühler, lindernder Umschlag legte sich das tiefe Schweigen der Natur um die fieberheißen Sinne, die noch von dem Lärm der Stadt und den Erregungen all ihres wilden Lebens nachzitterten.

Nur noch ein paar Arbeiter waren mit Brandt und Marianne auf dem einsamen Vorortsbahnhof ausgestiegen. Doch auch sie verloren sich schnell und ließen das Pärchen allein auf der breiten, baumlosen Chaussee, die schnurgerade von der Station nach dem fern am Waldrand gelegenen Dorfe führte. Da standen die beiden nun und sahen unten in der Böschung den Zug, der sie hierher getragen, erst langsam, dann schneller und schneller von dannen dampfen. Bald war er ihren

Augen entschwunden. Eine Weile noch vernahm man sein Rollen und Schnaufen. Dann hörte auch das auf, und alles schwieg wie zuvor.

Wie süß und schmeichelnd klang den überreizten Ohren diese lang entbehrte Stille! Wie leicht und rein die sonnenwarme Luft! Und nach der Schwüle der Stadt so kühl zugleich, dass man Paletot und Jackett schließen und sich fester ineinander hängen musste.

»Nur hübsch den Arm hergeben, Mariannchen!«, bat Brandt. »Hier brauchen Sie sich nicht zu genieren. Die Raben da tun uns nichts.«

»Das sind ja Krähen, keine Raben«, verbesserte sie ihn. »Sie sind mir auch der Richtige! Können noch nicht mal Krähen von Raben unterscheiden.«

Richtig, es waren Krähen. Jetzt erkannte sie auch Brandt. In ganzen Scharen saßen oder trippelten sie auf den sandigen Erdschollen der kargen Äcker, die rechts und links die Chaussee begleiteten. Manchmal erhoben sie sich in dunklen Haufen über die frisch gepflügte Fläche, um sich gleich darauf wieder an einer anderen Stelle niederzulassen.

»Also Krähen!«, konstatierte Brandt. »Umso besser, wenn es keine Raben sind! Die bringen ja doch nur Unglück.«

»Warum denn?«, fragte sie ganz verwundert. »Bei uns zu Hause gibt es viele Raben. Deswegen passiert doch keinem was. Sie sind auch der richtige Stadtmensch! Sie sind wohl in Ihrem Leben noch nicht aufs Land gekommen?«

»Bitte sehr«, widersprach Brandt. »Ich bin sogar auf dem Lande geboren und habe meine Kindheit dort zugebracht. Wissen Sie, Mariannchen, da oben an der See, an derselben See, von der auch Sie her sind.«

Er drückte ihren Arm fester an den seinen und sah ihr träumerisch in die klaren, hellblauen Augen.

»Ja, ja, Mariannchen, wenn ich die Krähen da so herumhüpfen sehe, dann muss ich so recht an meine Kindheit denken, die nun schon verdammt lang vorbei ist.«

Er versank in Schweigen und starrte trübe auf den sandigen Weg, der einförmig, Schritt um Schritt, unter seinen Füßen dahinfloss.

Marianne schwieg ebenfalls. Irgendeine Schelmerei bereitete sich in ihr vor und meldete sich auf ihrem Gesichte zum Voraus an.

»Was ist *das*? Kennen Sie das?«, fragte sie plötzlich mit verschmitztem Lächeln und deutete auf ein großes, grünes Saatfeld zur Rechten der Chaussee, dem sie sich jetzt langsam näherten. Ein leiser Windhauch strich liebkosend über die zarten saftigen Blättchen. Die alte Novembersonne sammelte mütterlich den letzten, matten Nachglanz erloschener Jugendgluten, um ihn segnend über die kecken jungen Spitzen zu breiten, die vor wenigen Wochen aus dem warmen Erdenschoß zur eisigen Oberfläche emporgekrochen waren und nun, unbekümmert um Frost und kommenden Schnee, lustig dem Lenze entgegengrünten. Wie fröhliche Verheißung von Wiedergeburt und neuem Leben wehten die dünnen, biegsamen Schossen in Wind und Sonnenschein.

»Was das ist?«, wiederholte Brandt lächelnd. »Frische Saat, Mariannchen! Junger Roggen ist das!«

»Ach, kein Gedanke!«, wehrte sie. »Sehen Sie doch man genauer hin! Das sind ja Runkelrüben.«

»Wart', ich will dich mit Runkelrüben!«, rief Brandt ausgelassen. »Roggen ist's und Roggen bleibt's! So wahr ich meines Vaters Sohn bin! Frischer, grüner, junger Roggen! So grün, wie du selbst, du kleine Marianne!«

Damit fasste er sie bei beiden Ohren und zog ihren Kopf an sich heran.

»Herrje, mein Hut!«, jammerte sie.

Wie ein kalter Guss trafen Brandt die Worte. Er ließ das Mädchen los, abgekühlt und geärgert.

»Haben Sie sich nicht, liebes Kind!«, sagte er herb. »Haben Sie sich nicht! Ich werde Sie nicht weiter berühren!«

Marianne sah ihn betreten von der Seite an. So war es nicht gemeint! Aber die Reue kam zu spät. Er schien gar nicht mehr acht auf sie zu geben, starrte verschlossen vor sich hin. Sie hätte es gern wiedergutgemacht, nur wusste sie nicht wie. Sonderbarer Mensch, der er doch war! Wer konnte klug aus ihm werden! Sollte sie ihn umfassen und ihn bitten? Fast hätte sie es getan, aber sie wagte es nicht. Sein Gesicht war finster und abweisend. Was hatte sie denn so Schreckliches verbrochen? Mit einem Male fiel ihr auch der Altersunterschied zwischen sich und ihm auf. Fast hätte er ihr Vater sein können! Wie alt er wohl war! Das Haar an seinen Schläfen wurde schon grau. Nein, er passte nicht zu ihr! Am liebsten gleich nach Hause! Und doch tat er ihr leid! Ob sie ihn wirklich so gekränkt hatte? Sie wollte es gutmachen.

»Da hinten liegt die Stadt!«, brachte sie zögernd hervor, wie um nur ein Wort zu finden. In der Tat, dort musste sie liegen. Zwar sah man sie nicht, aber man ahnte sie in ihrer gewitterschweren Nähe. In der ganzen Breite des östlichen Horizonts, tief über der Erde hingewälzt, ballte sich ein dicker Dunstknäuel, aus dem hier und da schwache Rauchsäulen himmelauf stiegen. Wie ein trächtiges Ungeheuer bettete sie sich da hinten in die breite Talmulde, die unendliche Stadt, eingehüllt in eine ewige Wolke von Qualm und Schmutz, durch die nur selten ein Strahl des reinen Himmelslichtes brach. Schon hatte sie ihre Pranken diesseits bis an den Rand der weiten Hügelkette vorgeschoben, auf deren Höhe die beiden Ausflügler jetzt angelangt waren und weit und breit das wellige Land überschauten. Dort, dem in die Ferne dringenden Blicke gerade noch erreichbar, aber undeutlich und dunstverwischt, zeichnete sich die langgestreckte Linie der äußersten Häuserreihen und verkündete finster drohend das Heranrücken der alles verschlingenden Riesenbestie.

»Ja, da hinten liegt die Stadt!«, wiederholte Brandt mechanisch und atmete schwer.

Vor ihnen aber zeigte sich jetzt eine Anzahl weiß blinkender Landhäuser auf dem schwarzen Hintergrund des ausgedehnten Kiefernforstes, der sich von hier mehrere Stunden weit ins Land zog.

Schweigend gelangten sie in die breite, wie ausgestorbene Dorfstraße, die mit dürrem Laube dicht bedeckt war. Wie es unter den Füßen seltsam rischelte und raschelte und zischelnd von Moder und Verwesung raunte! Aus den Gärten, die überall zwischen den Häusern und Villen zerstreut lagen, hatte der Herbststurm die verwirbelten Blätter hier inmitten des Dorfes zusammengefegt, wo im Regen und Schmutz, unter Menschentritten und Wagenrädern der einstige Frühlingsschmuck sich zu formlosen, faulenden Klumpen zusammenballte.

Rechts und links aber, hinter Gittern und Zäunen, starrten die entlaubten Kronen traurig auf all die zerstobene, ineinander gewehte Pracht und streckten anklagend die nackten Äste zum grünlich matten Novemberhimmel.

Ein schwermütig süßes Bild vom Scheiden im heiteren Mittagssonnenschein! Ringsum alles verlassen und tot! Erstorbene Landhäuser, verödete Parks, frierende Marmorfiguren im kahlen Unterholz, heruntergelassene Läden, geschlossene Geschäfte.

Brandt war traurig bis auf den Grund seiner Seele. Auch er fühlte sich herbstlich und zum Sterben müde. Kaum achtete er noch seiner stummen Begleiterin. Es war nichts mehr mit der Liebe, wie es nichts mit dem Leben überhaupt war. Wozu, wozu dies alles? Wozu noch länger sich abquälen und überflüssig dies dumme Possenspiel fortsetzen? Warum sich nicht lieber hinstrecken in den stillen, lauen Sonnenschein, in dies verträumte süße Schweigen, die Augen schließen und hinüberdämmern, um nie wieder zu erwachen? O wer ein Ende gefunden hätte der traurigen Komödie! Er sah auf und um sich.

Es war halb vier nachmittags, und die Sonne stand gerade über dem Wald tief am Horizont. Noch sandte sie ihre schrägen, blendenden Strahlen über die lauschigen Wipfel der hohen Kiefernstämme auf die einsame Waldstraße, aber binnen Kurzem mussten Licht und satte Farben verschwinden, und kalte, graue Schatten würden sich über den Weg breiten. Der Himmel war jetzt gegen Abend in einem hellen, winterlichen Kristallgrün gefärbt. Heiter und wolkenlos, wie er heraufgezogen war, als ein Geschenk der Himmlischen für die lichttrunkenen Erdenkinder, so senkte sich jetzt der kurze Novembertag sacht zur abendlichen Ruhe. Die Kiefernstämme am Waldrand glühten im schrägen Sonnenlicht, wie von tief geheimem Feuer durchleuchtet. Weiter zurück erschien der Forst schwarz und undurchdringlich. Dort wandelte auf leisen Sohlen schon die Nacht.

Brandt erinnerte sich, dies Landschaftsbild schon einmal in gleicher oder ähnlicher Beleuchtung gesehen zu haben, nur konnte er nicht gleich darauf kommen, wann und bei welcher Gelegenheit. Plötzlich durchblitzte ihn das Gedächtnis jener fernen Situation und aller damit verbundenen Umstände. Wie hatte es ihm nur je entfallen können! Diese Stätte war ja historischer Boden für ihn. Hierher, an die gleiche Stelle, wo er jetzt mit Marianne klug und verständig Schulter an Schulter entlang spazierte, hierher hatte er vor zehn Jahren im Rausche erster Liebe die junge Maria stolz und selig am Arm hinausgeführt. Ihr erster Ausflug war es gewesen, bald nachdem sie sich kennengelernt und beide mit einem Schlage Feuer gefangen hatten. Ja, wie hatte er das nur vergessen können! Oh, jetzt entsann er sich der unbedeutendsten Einzelheiten. Auf einen Pfingstsonntag war das große Ereignis gefallen, und eigentlich hatten sie durch den Wald ganz woanders hingewollt, aber dann hatten sie sich auf dem elastischen moosigen

Boden so lange gehascht und geküsst und zur Abwechslung mittenhinein geschmollt, bis sie in das ärgste Dickicht hineingeraten waren und gar nicht mehr aus und ein gewusst hatten. Und wenn nicht schließlich in der Ferne Stimmen geklungen wären und pfingstlicher Singsang, dem sie dann nachgehen konnten, so säßen sie vielleicht heute noch mitten im Forst, wo er am tiefsten ist, dort in dem schwarzen Wald, der hinter den roten Kiefern so schaurig düsterte, und aus dem sie beide damals hierher ins Lichte hinausgebrochen waren, spät am Nachmittag des Pfingstsonntags, Anno Domini soundsoviel.

Wann war es doch gleich? Richtig, vor zehn Jahren, und ein warmer, feuchter Frühlingstag war es gewesen. Er erinnerte sich noch, was für ein schwerer, satter Brodem ihnen entgegengeschlagen war, und am Mittag, kurz bevor sie sich getroffen, hatte es gegossen, was vom Himmel herunter wollte. Und in jenem Dickicht hatte er Maria zu sich auf das schwellende Moos niederziehen wollen, aber sie hatte sich gesträubt und war ihm entwischt, und er nach und sie eingeholt, und sie hatte geweint und er um Verzeihung gebeten, und sie ihn um den Hals gefasst und er sie um die Taille genommen, und geküsst hatten sie sich gegenseitig, ein-, zwei-, dreimal nacheinander, und weiß Gott, keine widrige Hutkrempe hafte ihnen den Tag verdorben.

Und spät, spät war die Sonne hinter dem Wald hinabgestiegen und hatte die lauschigen Wipfel vergoldet und die roten Stämme mit tief geheimem Feuer durchglüht. Bei Gott, daran hatte er den Ort und die Stelle erkannt. Das war das einzige, was übrig geblieben war, als ein Abglanz fernen, fernen Glückes, die alte Sonne und der feurige Wald und das ausgeglühte Herz dazu.

Nein, es kam nicht wieder! Es kam nie wieder, was gewesen war! So kam es nie wieder! Kein Glück wiederholte sich! So wie es einmal den entzückten Sinnen vorübergezogen war, so blieb es köstlich, einzig und ewig unersetzbar, wenn seine Zeit dahin war. Umsonst, Schatten heraufzubeschwören und Geister zu zitieren! Die Vergangenheit ließ sich nicht wieder lebendig machen. Nur Gespenster stiegen aus der Tiefe und vergifteten das reine Tageslicht. Maria und Marianne, der Jüngling von einst, der Mann von heute, so grundverschieden wie jener schwüle, duftschwere Pfingstsonntag und dieser herbe, klare Novembernachmittag. Und er hatte Ähnlichkeiten entdecken, hatte an Mariannes Busen die junge Maria wiederfinden wollen, und hatte nicht einmal die Stelle wiedererkannt, den unvergesslichen Ort, wo sie beide einst glücklich gewesen waren!

Und sie waren es gewesen! Diesen Besitz entriss ihm niemand! Am Birnbaum wachsen keine Rosen, aber er wusste doch, dass einst Rosen geblüht hatten, er roch noch den Duft, den aus der Vergangenheit der Wind zu ihm herüber trug. Und jetzt tapfer Birnen schütteln! Es lag nun einmal in der Jahreszeit!

»Was, Mariannchen, tapfer Birnen schütteln?! Sie kleines, verständiges Geschöpf! Ihnen sind die Birnen auch lieber als die Rosen.«

Er klopfte ihr freundlich auf die Schulter und reichte ihr dann seinen Arm.

»Seien Sie unbesorgt. Ich tue Ihnen nichts. Jetzt führe ich Sie nach der Bahn und bringe Sie hübsch nach der Stadt, und drinnen geben wir uns noch einen vernünftigen Kuss, den letzten zum Abschied, und darin sagen wir uns schön Adieu. Jeder geht seines Weges, wie es sich für artige Staatsbürger ziemt. Meinen Sie nicht auch, Mariannchen?«

»Wie es Ihnen angenehm ist«, antwortete sie bescheiden und hing sich leicht in den angebotenen Arm.

So führte der schweigende Mann das hochgewachsene, schlanke Mädchen durch den kühler dämmernden Herbstabend dem erleuchteten Bahnhof und der ferne flammenden Stadt entgegen.

5.

Dunkle Nebeltage folgten. Tiefer und tiefer senkte sich das graue Wolkenmeer auf den schauernden Erdgrund hinab. Wie eine undurchdringliche Kappe legte es sich um alles Wesen und erstickte die letzten schwachen Atemzüge der sterbenden Natur. Glück und Glanz schienen für ewig aus der Welt geschieden. Seit Brandt an jenem Nachmittag in Mariannens Gesellschaft das segnende Gestirn zwischen den vergoldeten Kiefern zur dunstigen Tiefe hatte hinabsteigen sehen, durchbrach kein Sonnenstrahl mehr das finstere Gewölbe, das, wie auferbaut aus Abschiedstränen und Todesseufzern unbarmherzig dahingerafter Geschöpfe, bleiern sich über die Erde hinwegspannte. Ein trockener Frost bereifte die nackten Äste, vereiste den kahlen Boden. Härter klangen Huftritte und Wagenrollen auf dem gefrorenen Grund. Grau zog der späte Morgen herauf, und grau senkte sich der frühe Abend herab, und zwischen ihnen beiden erhellte graues Dämmerlicht die spärliche Tagesfrist.

Mit Brandt ging es bergab. Gleich einem späten Sonnenfalter um Abendwerden gaukelte Mariannens Bild vor seiner verödeten Seele. Noch einmal hatte das Glück mit lustigen Augen ihm zugeblinzelt und lächelnd ihm gewinkt: Willst du mich? Willst du mich? Frischen Jugendmut hätte er in den zärtlich geöffneten Armen des Mädchens, an dem runden, jungfräulichen Busen schöpfen können, fröhliche Erneuerung von ihren schwellenden Lippen trinken! Noch einmal hätte sein Leben, vom Wildbach junger Leidenschaft getragen, sprudelnd, tosend, jauchzend über Sandbänke und Klippen hinwegbrausen können! Noch einmal, zum allerletzten Male, war die Wahl an ihn ergangen: Leben oder Tod? Und er hatte sich verdrossen vom Leben abgekehrt. Er hatte gewählt, und die Wahl hieß: Tod! Die innere Glut war erloschen, die einst den Zwanzigjährigen zu verliebten Versen und wilden Abenteuern begeistert hatte. *Darum* hatte er in Marianne nicht finden können, was Maria ihm einst gewesen war. An *ihm* lag es, nicht an ihr, dem süßen Geschöpf der Erde, das sich mit all seiner mädchenhaften Fülle ihm entgegengebracht, und das er zurückgestoßen hatte in greisenhafter Unduldsamkeit!

Ja, mit dem Wort war alles gesagt! Er war alt und ausgebrannt. Keine Farbe des Lebens würde ihm mehr leuchten. Düsterer und düsterer wurde es ringsumher.

Nur ein Letztes gab es noch für ihn. Weh ihm, wenn auch dieser Trost versagte! Das war sein Werk. Das Bild seines eigenen Ich, wie es an jenem hellen Morgen vor der Begegnung mit Marianne geisterhaft vom Kerne seines sterblichen Wesens sich losgelöst und hoch über Erdenqual und Kampf zu ewiger Klarheit sich hinaufgerungen hatte, gleich einem Morgenwölkchen, das am Ende in Sonnengold und Himmelsblau verschwand.

Wo Brandt auch ging und stand, ob er in der feierlichen Stille seiner Wohnung unruhevoll zwischen Tür und Fenstern auf und ab schritt oder traumwandelnd mit rückwärts gekreuzten Händen durch dunkle Menschenmassen dahinsteuerte, ob er mit offenen Augen in seinem Bette dalag und schlaflos die wirren Felsblöcke seiner Gedanken weiterwälzte, überallhin verfolgte ihn der Gedanke an sein Werk und verließ ihn zu keiner Stunde.

Aber wenn er dann dem Drange nachgeben wollte und sich im schwermütigen Grau des Vormittags oder beim milden Lampenschein an sein bejahrtes Schreibsekretär setzte, die keuschen weißen Quartbogen vor sich hinbreitete und aufgestützt die Augen mit der Linken verschattete, um sich ganz den inneren Gesichten hinzugeben, so wich das Bild, das er noch eben so deutlich geschaut hatte, vor der tastenden Hand ferner und ferner zurück, und nur schwache, undeutliche Umrisse wurden auf das Papier gebannt.

Was war das nur? Vermochte er nicht mehr, seine Kräfte zusammenzufassen, seine Sinne auf einen Punkt zu sammeln? War er zu schwach geworden, was geisterhaft in unabsehbarem Zuge seiner Fantasie vorüberschwebte, mit kurzem Griffe festzuhalten und den dumpfen Schatten von seinem lebendigen Blute einzuflößen, damit sie als Menschen menschlich über die feste Erde wandelten? Oder war es vielleicht nur ein momentanes Nachlassen, dem ein umso stärkerer Aufschwung folgen würde, die Ebbe vor der Flut, wie sie im Wesen alles Schöpferischen begründet lag? Aber wie kam es denn, dass die Ebbe nun schon so lange Jahre anhielt und noch immer kein Zeichen der kommenden Flut, kein fernstes Zeichen, am finsteren Horizont sich ankündigte? Glatt und bleiern lag die regungslose Fläche, tief unten nur ein dunkles Murren und Stöhnen, erstickte Rufe aus unerstiegenen Abgründen, dem lauschenden Ohre kaum vernehmbar. O wenn sie übergeschäumt, wenn sie gellend laut heraufgedrungen wären, aber die Kraft fehlte, die aus sich selbst naturnotwendig Form und Gestalt erzeugt und die Leidenschaft, die das Geschaute und Gehörte ungestüm ans Tageslicht hinaufträgt! So blieben sie ungesagt und ungeklagt, Qual und Leid seines Erdenseins.

War es wahr, was in regenschweren Stunden oft und öfters wie ein riesengroßer Schatten durch seine Seele wandelte und all sein Gebein gespenstig durchfröstelte? War es vielleicht nicht bloße Einbildung, nicht bloße Furcht allein, kein Phantom überhitzter und doch unbefriedigter Fantasie, nein, greifbare, unumstößliche Gewissheit, die klirrenden Fußes neben ihm dahinschritt und ihm keinen Ausweg, keine Rettung ließ, als den Revolver gegen die eigene Stirn zu richten und all dem Jammer ein schnelles Ende zu machen, wenn nicht auch dazu schon der Mut versagte? War er bankrott? Ausgeschöpft an Kopf und Sinnen? Reif zum Fortgeworfenwerden?

Ja, da war es heraus, was er sich immer verheimlicht und doch zagend schon längst geahnt hatte. Er hatte sich ausgegeben und würde nie wieder etwas schaffen, was seinem Frühern gleich käme. Zu einer Zeit, wo andere sich noch lange im Aufstieg gipfelan befanden, war schon seine beste Kraft dahin, und abwärts, steil hinunter ging der Weg. Erst anfangen hätte er sein Leben sollen, da war es vorbei. Einer von den allzu Frühen und allzu Schnellen war er gewesen, in der Märzensonne jäh emporgeschossen und vom Maienfrost über Nacht entblättert und geknickt! Sollte er nun dem kommenden Sommer zum Hohn und Spott vertrocknet dastehen ...?

Furchtbare Rätselfrage! Was soll, was kann das Leben nach diesem noch bringen? Mit jungen Jahren ein armer Mann! Ja, wenn er den Reichtum nie gekannt, den wunderbaren Zauberspiegel nie besessen hätte! Aber zu wissen, dass man es einmal gehabt und für immer verloren hatte, das köstliche Vermögen!

Durch wessen Schuld? Durch eigene? Durch fremde? Durch unabwendbares Schicksal? Ja, blindes Verhängnis war es, unter dem die Kreatur schuldlos litt! Vorbestimmte Naturanlage, ihm als Geschenk mit auf den Weg gegeben, sie hatte ihn nach dem Höchsten greifen und vor der Zeit seine Hand herabsinken lassen! ...

O Zukunft! Unausdenkbar öde Zukunft! Endlose graue Jahre ohne Zweck und Inhalt! Steppen nach Steppen, und abermals dürre, sandige Steppen! Ungezählte Jahre der Verödung, müsst ihr alle, alle, alle durchgelebt und ausgekostet werden bis auf den letzten, schalsten Tropfen? Myriaden von Augenblicken, und nicht ein einziger mehr, der mich noch befriedigen kann? Grässlich! Grässlich ... Zur Unfruchtbarkeit verdammt sein und zuschauen müssen, wie andere Leben und Gedeihen um sich schaffen? ...

Nein! ... Nein! ... Wer will mich zwingen, das Unerträgliche zu ertragen? Wenn ich nicht mehr arbeiten kann, kurz entschlossen, mit klaren Sinnen den Sprung ins Dunkle getan, dem noch kein Sterblicher auf den Grund gekommen ist!

»Stirb zur rechten Zeit!«, spricht der Philosoph ...

Hier brach das Manuskript jäh ab. »Stirb zur rechten Zeit!«, lauteten die letzten Worte. Unwillkürlich sah ich nach der Uhr. Es war kurz nach halb drei. Ich hatte bis spät in die Nacht gelesen.

Am nächsten Morgen, Sonntag früh, nach ein paar Stunden wüsten Schlafs, machte ich mich auf den Weg zu Johst. Er hatte mich so dringend eingeladen. Ich wollte ihn nicht warten lassen. Es war ein grauer, nebliger Novembermorgen. Die frische Luft tat meinen überreizten Nerven wohl.

Gegen acht Uhr trat ich ins Haus. Johst hatte im zweiten Stock eine eigene Wohnung. Ich ging die zwei Treppen in die Höhe und schellte. Der Diener machte mir auf. Der Herr schlafe noch, sagte er. Da ich nicht viel Zeit hatte, bat ich, ihn zu wecken. Ich weiß nicht, mir war sonderbar zumute. Eigentlich begriff ich nicht, warum ich so früh hingegangen war. Eine unbestimmte Unruhe trieb mich.

Der Diener klopfte an die Schlafzimmertür. Alles blieb still. Dann klopfte er stärker, aber es half nichts.

»Der Herr wird nicht nach Hause gekommen sein«, sagte er.

»Haben Sie ihn denn nicht gehört?«, fragte ich. Nein, er hatte ihn nicht gehört, weil er nach hinten hinaus schlief. Das Berliner Zimmer lag dazwischen. »Sehen Sie doch mal nach, ob abgeschlossen ist«, sagte ich.

In der Tat, es war abgeschlossen. Also musste er doch nach Hause gekommen sein. Wir klopften noch einmal gemeinsam und sehr laut. Ohne Erfolg.

»Jetzt brechen wir die Tür auf«, sagte ich.

Ich wusste schon alles. Das Manuskript sprach deutlich genug.

Als wir durch die aufgebrochene Tür eintraten, lag er vor dem großen Standspiegel mit dem Gesicht auf dem Boden. Der Revolver lag daneben. Rechts und links waren zwei Kerzen tief heruntergebrannt. Er hatte sich in die rechte Schläfe geschossen, war dann vornübergesunken. Sein letzter Blick musste in den Spiegel gefallen sein. Der Tod ist sofort eingetreten. Er war schon kalt.

Auf dem Tische qualmte die Petroleumlampe. Daneben lagen eine Fotografie und ein aufgeschlagenes Buch. Es war Nietzsches Zarathustra. »Stirb zur rechten Zeit!«, las ich blau unterstrichen auf dem offenen Blatt. In der Fotografie erkannte ich das Bild Marias. Als ich sie aufnahm, fand ich einen Brief darunter. Die Aufschrift lautete an Dr.

Eduard Hannemann und war von Johsts Hand. Also für mich bestimmt! Ich öffnete und las.

Es waren seine letzten Aufzeichnungen.

»Leb wohl und vergiss mich! Ich will Ruhe haben, das ist alles. Marias Bild schenk' ich Dir. Du hast sie gern gehabt.

Sonntag, den 28. November, nachts zwei Uhr.

Fritz Johst, verkrachtes Genie.«

»Halb drei.

Noch wenige Minuten! Dunkle Mündung, führst du ins Lichte? Ich glaube an eine Wiederkunft. Die Erde ist nur ein Durchgang. Au revoir, mon ami, dans l'immortalité! Mein Tiefstes bleibt ungesagt ...«

Gleich danach musste er abgedrückt haben. Es wird kurz nach halb drei gewesen sein. Um dieselbe Zeit hatte ich zu Hause sein Fragment zu Ende gelesen und nach der Uhr gesehen.

Ich löschte die Kerzen und drehte die Lampe ab. Durch die dunklen Vorhänge dämmerte der junge Morgen und schien trübe auf den toten Mann am Spiegel. Er war auf den Tag dreiunddreißig Jahre alt geworden.

Ich stand lange und sah ihn an. Unsere Schülerzeit fiel mir wieder ein. War das das Ende von allem? Für ein Genie hatten wir ihn gehalten. Er war nur ein Meteor gewesen. Die »Lieder eines Verlornen« waren sein Lebenswerk geblieben.

Am Dienstag, den 30. November, haben wir ihn draußen auf dem Zwölf-Apostel-Kirchhof begraben. Es war ein milder, sonniger Nachmittag. Zum letzten Mal grüßte der Herbst seinen scheidenden Sohn.

Jetzt ist es wieder Frühling geworden. Bald werden über dem Grabhügel des Dichters die Amseln schlagen und die Maiblumen blühen.

Karl-Maria Guth (Hg.)

Dekadente Erzählungen

HOFENBERG

Dekadente Erzählungen

Im kulturellen Verfall des Fin de siècle wendet sich die Dekadenz ab von der Natur und dem realen Leben, hin zu raffinierten ästhetischen Empfindungen zwischen ausschweifender Lebenslust und fatalem Überdruss. Gegen Moral und Bürgertum frönt sie mit überfeinen Sinnen einem subtilen Schönheitskult, der die Kunst nichts anderem als ihr selbst verpflichtet sieht.

Rainer Maria Rilke Die Aufzeichnungen des Malte Laurids Brigge **Joris-Karl Huysmans** Gegen den Strich **Hermann Bahr** Die gute Schule **Hugo von Hofmannsthal** Das Märchen der 672. Nacht **Rainer Maria Rilke** Die Weise von Liebe und Tod des Cornets Christoph Rilke

ISBN 978-3-8430-1881-4, 412 Seiten, 29,80 €

Karl-Maria Guth (Hg.)

Erzählungen aus dem Sturm und Drang

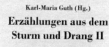

HOFENBERG

Erzählungen aus dem Sturm und Drang

Zwischen 1765 und 1785 geht ein Ruck durch die deutsche Literatur. Sehr junge Autoren lehnen sich auf gegen den belehrenden Charakter der - die damalige Geisteskultur beherrschenden - Aufklärung. Mit Fantasie und Gemütskraft stürmen und drängen sie gegen die Moralvorstellungen des Feudalsystems, setzen Gefühl vor Verstand und fordern die Selbstständigkeit des Originalgenies.

Jakob Michael Reinhold Lenz Zerbin oder Die neuere Philosophie **Johann Karl Wezel** Silvans Bibliothek oder die gelehrten Abenteuer **Karl Philipp Moritz** Andreas Hartknopf. Eine Allegorie **Friedrich Schiller** Der Geisterseher **Johann Wolfgang Goethe** Die Leiden des jungen Werther **Friedrich Maximilian Klinger** Fausts Leben, Taten und Höllenfahrt

ISBN 978-3-8430-1882-1, 476 Seiten, 29,80 €

Karl-Maria Guth (Hg.)

Erzählungen aus dem Sturm und Drang II

HOFENBERG

Erzählungen aus dem Sturm und Drang II

Johann Karl Wezel Kakerlak oder die Geschichte eines Rosenkreuzers **Gottfried August Bürger** Münchhausen **Friedrich Schiller** Der Verbrecher aus verlorener Ehre **Karl Philipp Moritz** Andreas Hartknopfs Predigerjahre **Jakob Michael Reinhold Lenz** Der Waldbruder **Friedrich Maximilian Klinger** Geschichte eines Teutschen der neusten Zeit

ISBN 978-3-8430-1883-8, 436 Seiten, 29,80 €